LE TRÉSOR
DE L'ESPRIT ET DU CŒUR

PUBLIÉ PAR LA REVUE ILLUSTRÉE

PARIS
25
rue Monsr-le-Prince

LE TRÉSOR
DE L'ESPRIT ET DU CŒUR

PUBLIÉ PAR LA REVUE ILLUSTRÉE

PARIS
25
rue Monsr-le-Prince

LE TRÉSOR

DE L'ESPRIT & DU CŒUR

PUBLICATION

De la REVUE ILLUSTRÉE

32 MAGNIFIQUES GRAVURES SUR BOIS

PRIX : 1 FR. 40

PARIS

25, RUE MONSIEUR-LE-PRINCE, 25

1875

LE TRÉSOR DE L'ESPRIT ET DU CŒUR

TABLE DES MATIÈRES

PARIS. — IMPRIMERIE DE E. MARTINET, RUE MICHON, 2

HISTOIRE
D'UN NOUVEAU SINGE

LE GORILLE

I. — Sa découverte. — Pays qu'il habite.

De tous les singes, le Gorille est le plus récemment connu ;
son existence scientifiquement constatée ne date que de ce
siècle.

Tous les efforts, toutes les promesses faites aux nègres du
Gabon pour se procurer un singe si grand, si fort, si redoutable, si fait, à tant de points de vue divers, pour frapper
l'imagination et la curiosité, demeuraient sans résultat.

« Quand tu me donnerais aussi gros d'or que cette montagne, je n'essayerais pas. » Telle était la réponse des indigènes à toutes les demandes, à toutes les offres.

En 1851 seulement, arrivèrent au port de Lorient, par les
soins de M. Charles Pénaud, deux Gorilles mâles conservés
dans l'alcool et apportant, en Europe, pour la première fois,
les formes extérieures et formidables de ce terrible animal.

De ces deux Gorilles, l'un était adulte et l'autre était un jeune ; ce dernier avait été pris vivant et mourut malheureusement pendant la traversée qui eut lieu dans les dernières semaines de décembre.

Le mâle adulte était un don du docteur Franquet, lequel l'avait acquis des nègres. Ce gigantesque animal, selon toute apparence, avait été trouvé mort, car il portait les cicatrices de plusieurs anciennes blessures, quelques-unes très-graves, mais toutes cicatrisées et sans aucune trace de lésion récente.

Le cadavre fut successivement offert à plusieurs Européens et Américains, qui refusèrent de l'acheter à cause du prix élevé qu'on en exigeait; mais la putréfaction rendit bientôt urgente la conclusion du marché, les vendeurs devinrent plus traitables, et M. Franquet acquit l'animal qu'il voulut bien destiner au Jardin des Plantes de Paris.

Mais comment conserver cet énorme cadavre? où trouver l'immense quantité d'alcool qui était nécessaire à sa conservation? Heureusement la frégate à vapeur l'Eldorado, commandée par l'amiral Pénaud, se trouvait en station au Gabon.

M. Pénaud voulut bien pourvoir à tout : il mit à la disposition de M. Franquet un tonneau de 367 litres de jauge pour recevoir le Gorille, et la quantité d'alcool nécessaire pour remplir cet immense récipient, et voulut bien le recevoir à son bord et l'amener en France.

Les deux Gorilles rapportés par l'amiral Pénaud furent, à l'ouverture des tonneaux qui les contenaient, photographiés par M. Terreil, préparateur de chimie au Muséum, de face et de profil, dans sa moitié supérieure pour le grand Gorille, et tout entier pour le petit; ils sont là à la disposition des savants et des artistes qui ont besoin de les consulter.

Ils furent dessinés par Werner, l'habile peintre d'histoire naturelle, qui a fait de la face, du profil, de la main et du pied du Gorille adulte deux dessins de grandeur naturelle.

M. Stahl, chef des travaux de moulage au Muséum, prit les empreintes des mains et de tout le buste, dignes à tous égards du talent si apprécié de cet artiste.

Enfin M. Poortmann exécuta avec tout le soin et l'exactitude possible une statuette du Gorille adulte réduit au quart ; elle devait plus tard lui faciliter la difficile préparation taxidermique de ces deux singes qui sont certainement les animaux les plus intéressants de la galerie.

Ce sont ces deux Gorilles que tout Paris, et l'on peut dire toute l'Europe, a vus avec un si grand intérêt, soit dans les galeries du Muséum, soit à l'Exposition universelle de 1855, où ils étaient exposés.

Depuis on doit à M. Duchaillu, qui a pendant longtemps habité le Gabon et exécuté plusieurs longs voyages dans l'intérieur de l'Afrique, une étude très-détaillée et très-intéressante, contenue dans la relation de ses voyages. Ayant chassé lui-même le Gorille dans diverses régions, au milieu des tribus nègres voisines des localités où se trouvaient ces animaux, il nous a donné sur leurs mœurs leurs habitudes et leur histoire naturelle, et sur les croyances et les légendes auxquelles ils ont donné lieu chez les indigènes, des notions précises, exactes et nouvelles. Nous aurons recours plus d'une fois à son ouvrage.

II. — Description du gorille. — Ses mœurs.

Le Gorille est de grande stature.

Sa taille varie de 1m,65 à 1m,80. Celui qui est monté dans les galeries du Jardin des Plantes mesure 1m,67.

Son attitude habituelle est oblique, sa démarche est semi-bipède.

Son aspect est terrible ; un petit cerveau, une grosse face, un museau proéminent avec des mâchoires redoutables, des dents énormes, mues par des muscles puissants, quatre mains de géant portées à l'extrémité de membres longs, d'une force extraordinaire, attachées sur un corps de colosse, qui laisse voir de tous côtés les saillies de ses muscles. Il règne dans la forêt, en maître absolu et omnipotent, sur les animaux comme sur le nègre. Il n'y a pas, dit M. Duchaillu, d'animal dont l'attaque soit si redoutable, si fatale.

Il se pose devant son ennemi face à face avec ses bras comme arme offensive, absolument comme un boxeur, avec cet avantage que les bras sont très-longs, d'une vigueur incomparable, et qu'il est pourvu de quatre mains.

Le Gorille va généralement à quatre pattes, les pieds appuyés à plat comme l'homme, la plante du pied et le gros orteil seuls touchant terre, les cuisses pliées à angle aigu sur la jambe, les mains ouvertes appuyant à terre en arrière et en dehors des pieds, le dos des deux dernières phalanges de la main reposant sur le sol, les bras presque parallèles à l'axe du corps qu'ils supportent en arrière des pieds ; sa démarche est un mouvement oscillatoire causé par le port en avant de tout un côté qui tourne autour du côté opposé ; celui-ci se meut à son tour de la même manière. Ce qui donne à la bête un dandinement particulier.

La vitesse de sa course est considérable.

Quelquefois il se redresse sur ses jambes, mais jamais il n'atteint une rectitude parfaite ; son corps est toujours incliné en avant et ses jambes légèrement ployées par suite de la structure spéciale des os de l'articulation de la hanche ; toutefois il se tient moins incliné que le Chimpanzé.

Le Gorille vit presque toujours à terre, bien qu'il grimpe quelquefois, principalement pour cueillir des baies et des noix.

Quand il a fini la cueillette, il redescend pour aller sur l'arbre voisin, car il ne saurait, par suite de sa structure, sauter comme les autres singes, avec la même agilité, de branche en branche et d'arbre en arbre.

Ce singe, avec sa puissante mâchoire, est cependant frugivore. M. Duchaillu, qui lui a fait la chasse pendant longtemps, et en a tué bon nombre, a toujours constaté que l'estomac ne contenait que des aliments de provenance végétale ; il aime beaucoup la canne à sucre et les amomums, il est friand du fruit du palmier à huile, du bananier-figuier, du papayer ; il se nourrit de graines et de fruits qui croissent sur les arbrisseaux peu élevés, de la séve de certains arbres, qu'il déchire avec ses canines, et de noix dont la coque est si dure qu'un lourd marteau est nécessaire à qui veut les ouvrir.

Il se tient dans les parties les plus reculées et les plus sombres de la forêt, et choisit les vallées profondes, au voisinage des ruisseaux et des rivières; là, la fraîcheur des eaux, jointe à la chaleur du jour, entretient une végétation luxuriante qui donne l'épaisseur à la jungle pour se cacher, et l'abondance des fruits pour se nourrir.

Sa retraite favorite est souvent sur des hauteurs escarpées, ou au milieu des roches d'un plateau à l'abri de la vive lumière.

Il court beaucoup; on ne le trouve guère deux jours de suite dans les mêmes parages; exclusivement frugivore et gros mangeur, il a tout récolté en peu de temps, et se voit forcé d'émigrer pour chercher sa nourriture ailleurs.

Le Gorille adulte est très-farouche; sa nature est indomptable; du reste, comment prendre, vivant, un animal si fort et si féroce; par les piéges, il ne se laisse pas plus prendre que le Chimpanzé.

Les petits se montrent rebelles à toute éducation. A différentes reprises, on est parvenu à s'en procurer de tout petits et l'on essaya de les garder en captivité; ils refusaient toute autre nourriture que les fruits de leur forêt, et déchiraient et mordaient, de leurs ongles, de leurs dents, la main de celui qui les nourrissait. On ne pouvait rien obtenir, que les traitements fussent doux ou rudes, de la nature féroce et indomptable de ces petits monstres; leur caractère semblait aigri par le sentiment de leur captivité, et ils mouraient bientôt sans maladie apparente, comme le nègre enlevé de ses bois.

L'histoire d'un jeune mâle, que M. Duchaillu parvint à conserver assez longtemps, montre le degré de sauvagerie et de méchanceté, de ruse et de force de ces animaux, jusque dans leur jeune âge.

Ce petit singe avait été pris dans la forêt, entre Rembo et

CHASSE DU GORILLE.

le cap Sainte-Catherine; il fut surpris avec sa mère, mangeant des graines à peine sorties de terre; les noirs ayant tué la mère, le petit se précipita vers elle, cherchant à se cacher dans ses bras. Aussitôt les chasseurs s'élancèrent vers lui, pour essayer de le prendre vivant, mais leur cri fit prendre la fuite au petit, qui, se voyant cerné, se réfugia au sommet d'un arbre, où il s'accroupit, se faisant aussi moindre que possible, et poussant des hurlements sauvages et déchirants.

Les nègres abattirent l'arbre, et jetant un pagne carré sur la tête du Gorille, ils s'emparèrent de lui; non sans qu'un d'eux fût fortement mordu à la main, et un autre à la cuisse.

Ce petit singe était chétif, sa taille mesurait à peine deux pieds six pouces anglais, environ 76 centimètres; il devait avoir de deux à trois ans. Tout enfant et chétif, il était cependant d'une force étonnante et d'une fureur sans égale. Il ne cessait pas de se débattre; on ne savait comment l'emporter. On parvint à lui enfermer le cou entre les branches d'une longue fourche; ainsi emprisonné et maintenu à distance, on l'emmena au village.

C'était un spectacle curieux de voir la rage et la défense de ce petit monstre. Il roulait des yeux furieux; s'il eût pu saisir l'un des assistants, il lui eût certainement fait un mauvais parti.

On lui construisit aussitôt une petite cabane en forts bambous, solidement fichés en terre, assez distants l'un de l'autre pour permettre d'observer ses mouvements, et assez rapprochés pour avoir une grande solidité. Aussitôt jeté dans sa cage, le petit Gorille se retira dans le coin le plus reculé, et s'accroupit, faisant mauvaise mine. M. Duchaillu s'étant trop avancé des barreaux pour essayer de le calmer, le petit singe s'élança sur lui et réussit à saisir le bas de ses vêtements qu'il déchira avec un de ses pieds.

M. Duchaillu envoya chercher des fruits de la forêt et les plaça à sa portée avec de l'eau dans un vase, mais le petit singe ne toucha à rien tant qu'on ne se fût pas éloigné.

Le second jour, Petit-Joë, c'est ainsi qu'on l'appelait, était encore farouche, il s'élançait avec des grimaces effroyables, en poussant des cris sauvages, contre quiconque s'approchait de sa cage. Cependant, laissé seul, il mangeait volontiers, mais seulement les feuilles et les fruits de sa forêt natale.

Le troisième jour il était plus enragé que jamais.

Le quatrième jour il réussit à arracher un des barreaux de sa cage et s'échappa.

Dès qu'on se fut aperçu de sa fuite, M. Duchaillu fit aussitôt cerner le bois voisin par tous ses nègres, et rentrant chez lui pour prendre un fusil, il entendit un grondement menaçant qui sortait de dessous le lit. C'était maître Joë. M. Duchaillu fit aussitôt fermer toutes les issues, rappela ses gens et se disposait à essayer de reprendre l'animal, lorsque ce dernier, à la vue de tous ces visages noirs, devint furieux, et s'élança de sa retraite. Tout le monde sortit précipitamment, fermant la porte au plus vite, pour ne pas s'exposer à ses terribles dents.

Quand il fut un peu calmé, on ouvrit la porte, et l'on fut assez heureux pour réussir du premier coup à lui jeter un filet sur la tête. Le petit diablotin, entortillé dans le filet, se mit à pousser des rugissements effroyables, et à frapper et à donner des coups de pieds et des coups de mains dans toutes les directions. M. Duchaillu l'avait cependant saisi à la nuque, deux de ses hommes lui prirent les deux bras, et un quatrième les jambes. Ainsi maintenu, le petit Gorille ne cessa de donner une peine infinie, et ce ne fut qu'à force de patience et d'adresse qu'on parvint à le remettre dans sa cage solidement réparée.

Il fut le reste de la journée et les jours suivants dans un état de colère et de rage indescriptible, et ne voulant manger de rien. Cependant, poussé par la faim, il se décida à venir chercher le nécessaire dans la main de M. Duchaillu. Pendant une quinzaine, il resta assez tranquille, mais un jour on s'aperçut qu'il avait rongé un bambou de sa cage, et qu'il s'était échappé à nouveau.

Heureusement il venait de sortir, et on pouvait l'apercevoir courant à quatre pattes, avec une grande vitesse, à travers une petite prairie, vers un bouquet d'arbres.

M. Duchaillu réunit aussitôt ses hommes pour lui donner la chasse. Dès que Joë vit qu'il était poursuivi, il prit sa course vers un autre bois. Là, on parvint à le cerner, mais, au lieu de grimper sur un arbre, il se tint avec défiance sur la lisière ; il se rappelait comment il avait été pris la première fois ! Cent cinquante personnes environ formaient le cercle, et se rapprochèrent pour le resserrer peu à peu. Alors, il se mit à hurler, et s'élança sur un pauvre nègre plus avancé que ses camarades, qui, de frayeur, tomba par terre. Cette chute préserva l'homme, embarrassa Joë, et donna le temps de lui jeter les filets. Quatre nègres le portèrent au village, on lui passa une chaîne autour du cou, et on le remit dans sa cage.

Sa force était si prodigieuse qu'il fallut plus d'une heure pour lui mettre son collier.

Dix jours après il mourait subitement ; il paraissait cependant en bonne santé et mangeait abondamment de ses aliments ordinaires, qu'on allait, chaque jour, chercher dans la forêt. Il n'avait pas cessé, dit M. Duchaillu, de se montrer indomptable jusqu'au dernier jour ; et quand on l'eut enchaîné, il ajouta la sournoiserie aux vices de sa nature.

Il aimait à se retirer dans un petit tonneau, qu'on avait garni de foin pour lui servir de couchette, et c'était plaisir de le voir remuer son foin et se blottir dans son nid. La nuit venue, avec la fraîcheur du soir, il prenait des poignées de ce foin pour se couvrir une fois qu'il était pelotonné.

Si un petit Gorille a donné tant de peine à prendre et à garder quelques jours en captivité, qu'on juge des difficultés pour se saisir d'un Gorille vivant, adulte !

Le Gorille ne vit pas en troupe ; cependant on le représente comme dressant des embuscades aux voyageurs et enlevant des négresses quand il en trouve l'occasion ; et tous les voyageurs ont pu recueillir des récits à l'appui de ces croyances populaires. Buffon rapporte, d'après La Brosse, non-seulement que ces singes « tâchent de surprendre les négresses », mais il avait lui-même « connu à Lowango une négresse qui était restée trois ans avec ces animaux », hauts « de six à sept pieds (anglais) et d'une force sans égale ».

De tels récits se reproduisent sans cesse au Gabon. Les anciens du pays, dit M. Aubry-Lecomte, m'ont parlé de femmes enlevées; ils y croient, mais quand je les ai pressés de questions, ils n'ont pu citer aucun fait précis, aucun nom. Je considère donc, ajoute-t-il, comme une fable ce fait dont on s'est tant occupé.

M. Duchaillu, qui a longtemps vécu dans ces pays, déclare, lui aussi, que ces faits n'ont jamais existé; il n'a trouvé que des croyances mais pas un fait précis.

Rarement on rencontre, seul, le Gorille adulte; c'est alors un mâle solitaire dont la férocité est terrible.

Si le Gorille est jeune et ayant quitté la mère, on le trouve par groupes de deux de trois, de quatre au plus; ils fuient dès qu'ils sont découverts, en courant ras de terre, et ne se réfugient point sur les arbres; leur vitesse est très-grande. Vus de face à travers les broussailles, avec leur tête d'enfant, ils ressemblent assez à des nègres qui se sauvent.

Le Gorille vit avec sa femelle et son petit; tout le jour ils courent ensemble, de çà, de là, à travers la forêt, cueillant les graines et les fruits. Le soir venu, ils se retirent dans l'épaisseur de la jungle; la mère et le petit grimpent sur un arbre, le père s'assied au pied, le dos appuyé contre le tronc; c'est ce qui explique la rareté du poil et l'usure de ceux qui restent, sur les peaux de Gorilles que l'on voit dans les musées.

M. Duchaillu a souvent surpris dans la forêt une famille de Gorilles. Le mâle était d'ordinaire assis sur un rocher dans le coin le plus sombre; la femelle, non loin de lui, mangeait et jouait avec le petit; c'est un spectacle charmant de contempler cette scène de famille, alors que le jour se lève, et que ces singes prennent leurs ébats; « si plein de charme, dit M. Duchaillu, que bien que je fusse aux aguets, depuis longtemps, très-désireux d'avoir leur dépouille pour enrichir ma collection, je n'avais plus, au moment venu, le cœur de tirer ».

L'ouïe de ces singes est très-fine, surtout chez la femelle ; aussi est-ce toujours elle qui donne l'alarme : elle glousse d'abord pour appeler son petit, puis s'enfuit aussitôt en poussant des cris aigus. Le petit se suspend par les mains autour du cou de la mère et se serre aux seins en passant ses petites jambes autour du corps. Le mâle, restant assis, tourne la tête avec tranquillité, pour apercevoir d'où lui vient l'ennemi.

Quand il l'a vu, il se lève avec lenteur, contracte sa figure et, jetant un regard plein d'un feu sinistre sur l'ennemi qui ose troubler sa retraite, il redresse sa grosse tête, bat sa poitrine de sa main à demi fermée, et pousse un rugissement formidable, sorte de *kh-ah! kh-ah!* prolongé et aigu, qui résonne au loin dans la forêt et s'étend à plus de quatre milles de distance; puis il marche droit à l'ennemi, son corps oscillant sur ses jambes trop courtes.

Il prend son équilibre en balançant ses bras, comme le matelot sur le pont d'un vaisseau, et s'avance, sans presse, d'un pas lourd et solide, dans la plénitude de sa force et la conscience de sa victoire.

Ses larges épaules, son gros ventre, son corps voûté et incliné en avant, ses petites jambes pliées et arquées, ses deux bras qui s'agitent et frappent sa poitrine avec force, son poil hérissé, son énorme tête enfouie dans ses épaules, ses narines dilatées, ses yeux gris, enfoncés dans leur orbite, d'un regard sinistre, ses traits contractés et labourés par des rides profondes qui s'ouvrent et se ferment, sa bouche ouverte et sa lèvre pendante, laissant voir sur le fond rouge de la gueule de longs crochets entre lesquels les membres de l'homme seraient broyés comme du biscuit, son rugissement, qui ressemble au bruit du tonnerre et que les échos répètent au loin, tout en lui est effrayant et imposant; sa laideur est repoussante, sa puissance terrifie.

Sa force musculaire est si grande qu'il ne craint ni les lions, ni les autres bêtes féroces, contre lesquelles il se défend à l'aide de sa puissante main.

III. — CHASSE AU GORILLE.

— La chasse du Gorille n'est point une chasse de fantaisie.

Les indigènes ne le chassent point. Ce n'est généralement que dans une rencontre fortuite, et pour sa défense, que le nègre tue le Gorille.

Un esclave, revenant un jour de la chasse à l'éléphant, se trouva tout à coup devant un Gorille : c'était une femelle. Il la tua et rapporta la dépouille en trophée. Cet acte inouï, parmi les nègres de la tribu, valut à l'esclave sa liberté et la main de la fille du grand chef. Dans quelques tribus de l'intérieur, on rencontre cependant des chasseurs de Gorille.

Bien des chasses au Gorille ont été racontées ; nous nous bornerons à en rapporter trois, faites par M. Duchaillu. On y trouvera dans toute leur vérité les terribles émotions de ce nouveau sport digne des Titans.

Un jour, pendant que M. Duchaillu était dans les bois, il entendit, à une grande distance, comme un roulement de tonnerre ; il se hâta de se réfugier à l'abri d'un bouquet d'ébéniers, pour laisser passer l'orage. Mais il s'aperçut bientôt que ce roulement provenait d'un Gorille mâle, qui grondait pour appeler sa femelle, car celle-ci n'avait pas tardé à répondre par un rugissement.

M. Duchaillu se décida à marcher dans leur direction.

En approchant, on entendait distinctement le bruit sourd que fait le mâle en battant sa poitrine avec ses larges poings. La jungle était épaisse ; on avançait lentement.

On mit près de trois quarts d'heure pour parcourir les trois milles qui séparaient les animaux des chasseurs.

Bientôt on entendit craquer des branches, et l'on vit, à travers le fourré, un jeune arbre rudement secoué tomber brisé en quelques minutes.

Pendant que les chasseurs étaient en observation, le Gorille pressentit le danger, car il se fit un profond silence ; et lorsque, le fusil à la main, les chasseurs se furent ouvert un passage à travers le fourré, le Gorille avait disparu.

Les Gorilles dans les bois.

Jeunes Gorilles d'après une photographie.

L'endroit de la forêt où ces animaux avaient pris leurs ébats et leur nourriture était saccagé ; des arbres de 1 à 4 pouces de diamètre, rongés et brisés, jonchaient le sol, et d'autres, plus gros, étaient éventrés jusqu'au cœur par la dent du singe qui y avait été chercher la moelle.

Une autre fois, on indiqua à M. Duchaillu une forêt sombre où l'on assurait avoir aperçu le Gorille.

La petite troupe de chasseurs s'apprêta aussitôt et se divisa suivant la coutume. M. Duchaillu et son nègre Gambo prirent d'un côté ; un des hardis compagnons s'avança, tout seul, du côté où il pensait rencontrer plus sûrement le singe ; les trois autres prirent un autre chemin.

Une heure à peine s'était écoulée depuis leur séparation, qu'un coup de feu se fit entendre à peu de distance. Ce coup de feu fut bientôt suivi d'un second.

M. Duchaillu marchait déjà dans la direction d'où lui avait paru venir la détonation, quand la forêt retentit des plus formidables rugissements.

Gambo se rapprocha de son maître et lui saisit le bras comme pour s'assurer qu'il n'était pas seul, et tous deux s'avancèrent péniblement à travers la jungle.

Ils firent encore quelques pas, et trouvèrent leur pauvre camarade, celui qui s'était intrépidement aventuré, gisant à terre, dans une mare de sang, les entrailles répandues sur le sol ; à côté de lui était le fusil, la crosse brisée, le canon aplati et portant l'empreinte des dents du Gorille. Le Gorille avait disparu.

On souleva le corps du pauvre nègre ; il vivait encore. Sa plaie fut bandée, un peu d'eau-de-vie remit ses forces et lui rendit courage ; il put être transporté à sa case où il mourut deux jours après.

Le malheureux s'était trouvé tout à coup face à face avec un grand mâle. Fuir était impossible et dangereux. Il l'avait attendu de pied ferme, ajustant l'animal de son mieux ; malheureusement, l'épaisseur de la jungle et l'obscurité de cette partie de la forêt l'avaient empêché de bien diriger son coup, quoiqu'il n'eût tiré qu'à dix pas. Le singe, blessé au flanc, était entré dans une rage indescriptible, battant sa poitrine de ses deux poings fermés, et précipitant sa marche sur le chasseur en poussant des hurlements effroyables.

Le nègre avait conservé son sang-froid et, sans perdre de temps, rechargé son arme; mais, au moment où il ajustait, le le singe arrivait sur lui, abaissait son bras, lui faisait lâcher le fusil armé, qui partit en tombant, et d'un coup de sa puissante main éventrait l'homme, qui alla rouler à quelques pas.

Le pauvre chasseur crut que le singe allait l'achever, lorsqu'il le vit examiner le fusil, le plier comme un fétu, puis l'aplatir entre ses dents, et le rejeter loin de lui, comme un second ennemi vaincu. Cela fait, le Gorille se retira tranquillement dans la forêt, sans plus s'occuper de sa victime.

Mais laissons raconter à M. Duchaillu l'épisode d'une de ses chasses où il se rencontra, pour la première fois, face à face avec ce terrible ennemi.

« Nous battions le buisson, un peu à tout hasard, depuis plus de deux heures, sans rencontrer notre gibier, lorsqu'à la fin un énorme Gorille sortit tout à coup du fourré et s'avança droit sur nous, en poussant un terrible rugissement de colère, comme s'il nous eût dit : « Je suis las d'être ainsi pourchassé, me voilà, je viens à vous.

» C'était un mâle solitaire, ce sont les plus féroces ; il faisait retentir toute la forêt de son rugissement, pareil au roulement du tonnerre qui gronde dans le lointain.

» Il était à trente pas de nous quand nous l'aperçûmes. Il s'arrêta. Aussitôt nous nous serrâmes les uns contre les autres, et j'allais l'ajuster pour l'abattre à la place même où il se tenait debout, quand mon fidèle chasseur, Malaouen, murmura à mon oreille : Pas encore !

» Nous demeurâmes donc immobiles et muets, le fusil à la main. Le Gorille fixa un instant sur nous ses yeux gris, se mit à battre sa poitrine avec ses bras gigantesques, poussa un nouveau rugissement de défi, et recommença sa marche en avant.

» Il fit une nouvelle halte environ à vingt pas de nous. Malaouen me répéta : Pas encore !

» Le monstre reprit sa marche ; il n'était plus qu'à quinze pas. Je pouvais voir en plein son visage féroce contracté par la rage ; ses énormes dents grinçaient bruyamment ; la peau de son front ridé s'abaissait et se relevait avec rapidité, donnant à sa face hideuse une expression indescriptible et diabolique. Je ne pouvais m'empêcher de penser à mon pauvre chasseur tué quelques jours auparavant ; je me représentai la situation de ce malheureux, au moment où ayant déchargé son arme, il avait vu son implacable ennemi venir sur lui, non par un brusque élan comme le léopard, mais à pas comptés, marchant sûrement à sa vengeance, inévitable comme le destin. Le monstre poussa un nouveau rugissement à faire trembler la forêt, nous regardant toujours dans les yeux, se battant la poitrine, puis il avança encore. Cette fois, il n'était plus qu'à dix pas de nous. Ma respiration était précipitée, tant je me sentais surexcité par l'approche de l'énorme bête. « Attention ! » me dit Malaouen.

» Le Gorille fit une nouvelle halte. « A présent ! » cria Malaouen, et au moment où l'animal ouvrait sa gueule pour pousser un nouveau rugissement, il reçut trois balles dans le corps et tomba mort, presque sans convulsions. « Ne tirez » jamais trop tôt, me dit Malaouen ; si vous l'aviez manqué, » il ne vous aurait pas manqué, lui. »

· Dans la chasse de ce terrible singe, il faut être pénétré de l'importance et de l'absolue nécessité de ne pas fuir devant l'animal. Agir ainsi, c'est conserver la seule chance de salut.

Le Gorille ne s'acharne pas après sa victime ; il donne généralement un seul coup, un coup solide, brisant à la fois le fusil et le corps du malheureux.

Heureusement il meurt aussi facilement que l'homme ; une balle dans la poitrine l'abat ; il tombe la face contre terre, ses grands bras écartés, en poussant un affreux cri de mort, moitié rugissement, moitié râle, signal de délivrance pour le chasseur.

ENLÈVEMENT

D'UN

ENFANT PAR DES BOHÉMIENS

RAFFAEL LE PIFFERARO

C'était en 1868, le ministre de la police et la municipalité romaine venaient d'ouvrir le carnaval à Rome en parcourant processionnellement, suivant un ancien usage, le Corso et les rues adjacentes. Les balcons des palais, les fenêtres des maisons, tendus de draperies aux mille couleurs, étaient occupés par une foule élégamment parée, tandis que la rue était sillonnée de toutes parts de calèches découvertes, aux attelages ornés de plumets, de fleurs, et de grelots retentissants. Des flots du peuple envahissaient la chaussée et les trottoirs, les voitures s'arrêtaient, et la circulation devenait difficile sur le Corso.

Çà et là, au milieu des chevaux se faufile la foule masquée ; le combat à coups de *confetti* vient de commencer. C'est une fusillade bien inoffensive qui s'établit entre les balcons, les voitures, les masques et les promeneurs. Les *confetti* sont de

petits bonbons de plâtre ou de farine dont chacun est abondamment pourvu ; on se les jette par poignées, par corbeilles;
un nuage blanc qui dérobe souvent aux combattants le champ
de bataille s'élève sur tout le Corso, il n'est bientôt pas un
visage, pas un habit qui soit épargné, tout ce que les *confetti*
touchent est enfariné, moucheté, et Rome entier retentit des
bruyants éclats de rire d'un peuple de meuniers.

Tout à coup, une clameur s'élève terrible du sein d'un
groupe, et l'on entend distinctement ces cris déchirants :
«Arrêtez-les..., mon enfant !... Ils m'ont volé mon enfant!!!... »
En même temps, une femme affolée de douleur se tient debout,
en se tordant les bras, dans l'une des voitures arrêtées sur le
Corso, elle vient de rejeter au loin le masque métallique et le
léger domino rose et blanc destinés à la protéger des *confetti*
et elle désigne à la foule qui l'entoure une troupe masquée
qui se glisse au milieu des chevaux et des voitures, et parvient
à se dérober et à disparaître à la faveur du tumulte qui règne
en ce jour de folie.

La nouvelle s'était répandue comme une traînée de poudre
sur le Corso, les rires et les chants avaient cessé, et l'on n'entendait plus rien que la voix de la malheureuse mère qui
sanglotait en redemandant son enfant. Ce désespoir touchait
les plus indifférents : aussi, en un clin d'œil, la promenade,
si joyeuse et si animée il y a quelques instants, était déserte,
et tout Rome apprenait quelques heures après que Raffaël, le
fils unique de la comtesse de C... venait d'être enlevé par des
masques sur le Corso.

La jeune comtesse de C... appartenait à l'une des plus
anciennes familles de Rome. Mariée de bonne heure au comte
de C..., le type le plus accompli de l'aristocratie romaine,
elle était restée veuve après quelques années de mariage. La
mort de celui qu'elle chérissait lui avait fait comprendre le
vide et l'inanité des choses d'ici-bas, aussi avait-elle aussitôt
renoncé pour toujours au monde et à ses plaisirs, et, pensant
que la meilleure façon d'honorer la mémoire de celui qu'elle
pleurait était de former son fils à son image, elle s'était consa-

crée tout entière à l'éducation de Raffaël, sur lequel elle avait reporté toutes les affections de son cœur brisé.

Cependant toute la police romaine avait été mise sur pied. On avait visité, exploré, fouillé un à un ces mille réduits, bouges et cloaques dont fourmille la grande ville ; on avait arrêté quelques mendiants, quelques vagabonds sans aveu, soupçonnés d'avoir pris part au vol, mais il avait fallu les relâcher bientôt, faute de preuves suffisantes, et malgré les sommes énormes promises par la comtesse à celui qui lui ramènerait son fils : les recherches étaient demeurées infructueuses, et l'on n'avait pu retrouver la trace des fugitifs.

Pendant deux ans la comtesse de C..., accompagnée d'un serviteur fidèle, parcourut successivement toutes les grandes villes de l'Europe, donnant partout le signalement de Raffaël, et offrant sa fortune entière si l'on voulait lui rendre son fils bien-aimé. Toutes nos gazettes et celles des pays voisins prêtèrent quelques mois leur publicité à cette aventure extraordinaire, et firent retentir l'Europe des cris de douleur de cette mère éplorée. Mais tout fut inutile et la malheureuse comtesse revint à Rome la mort dans l'âme. Elle n'avait plus d'enfant.

Après la disparition de Raffaël, il semblait à la comtesse que rien n'existait plus pour elle. Frappée dans ses affections les plus chères, elle ressentait chaque jour plus durement le contre-coup des terribles épreuves qu'elle avait traversées, et s'abandonnait tout entière à sa douleur. Aussi le chagrin la minait il lentement, ce chagrin que les mères seules connaissent, qui leur vient de la perte de leurs enfants bien-aimés et les mène quelquefois au tombeau.

La comtesse fit ce que font souvent les femmes en semblable circonstance, elle demanda à la religion les consolations que le monde était impuissant à lui donner. On la voyait tous les jours au pied des autels, en longs habits de deuil, et ce mysticisme pieux dont elle était atteinte vint apporter une heureuse diversion à ses maux. Sa vie se passait tout entière en œuvres de charité ; n'ayant plus d'enfant, elle adoptait les pauvres ; il n'était point une misère à Rome qu'elle ne soula-

RAFFAELE PIFFERARO

geât, pas un appel de malheureux qu'elle n'entendit : elle était
connue de tout ce qui souffrait, et on la surnommait partout...
la madre degl' infelici... la mère des malheureux. C'était sa
manière à elle, en faisant le bien, de prier Dieu pour son fils.

... Le jour de l'ouverture du Salon de 1873, il y avait foule
dans les salles du palais de l'Industrie, où sont exposées
chaque année les œuvres de nos meilleurs artistes. Parmi les
tableaux qui s'y trouvaient réunis, les curieux semblaient
s'arrêter avec une prédilection marquée devant une petite
toile due au pinceau d'un peintre bien connu. C'est cette toile
que notre gravure reproduit. Elle représentait un jeune *pifferaro* aux grands yeux noirs, à la physionomie ouverte, à la
mine souriante et éveillée. Il était coiffé du chapeau napolitain,
tout enguirlandé de fleurs, et les larges boucles de cheveux
noirs qui s'en échappaient de tous côtés encadraient à ravir
cette délicieuse figure. On ne pouvait se lasser de contempler
cette petite tête expressive, et l'on ne savait guère ce qu'il
fallait le plus admirer ou de la beauté du modèle, ou de l'art
que le peintre avait déployé dans l'interprétation du sujet.
Les éloges couraient de bouche en bouche, et plus d'un visi-
teur manifestait à haute voix son admiration.

Parmi les nouveaux arrivants, une femme toute vêtue de
noir s'était approchée du groupe, et venait de lever triste-
ment les yeux sur le tableau, lorsque ceux qui l'entouraient
la virent tout à coup pâlir, chanceler et enfin tomber évanouie
sur le parquet, en poussant des cris inarticulés. On s'empresse
autour d'elle, on lui prodigue les soins d'usage; elle ne tarde
pas à se ranimer et à reprendre connaissance, et elle montre
à tous ces étrangers, avec une joie qui touche au délire, le
jeune *pifferaro* qu'ils admirent, et sous les traits duquel elle
vient de retrouver *Raffaël*, son fils chéri, qu'on lui avait volé
il y a cinq ans sur le Corso, un jour de carnaval, et qu'elle
croyait à jamais perdu.

Une heure après cette scène, qui avait vivement ému tous
ceux qui en furent témoins, la comtesse de C... se présentait
chez le peintre auteur du tableau, et après lui avoir raconté

en quelques mots son histoire, lui demandait en suppliant
l'adresse de son jeune modèle. Malheureusement, comme
cela se pratique souvent à Paris, le petit *pifferaro* était un de
ces modèles de rencontre, que le hasard avait fait remarquer
à l'artiste au milieu d'une troupe de ces mendiants italiens,
qui promenaient, il n'y a pas longtemps encore, dans tout
Paris leurs pittoresques haillons ; le sujet lui avait plu et il
avait demandé au chef de la bande de l'amener à l'atelier, ce
à quoi celui-ci avait consenti avec quelque difficulté. Tout ce
que le peintre savait, c'est que l'enfant s'appelait *Lucca*, mais
il ignorait son nom, son adresse, et depuis un an ne l'avait
jamais revu.

Avec les renseignements assez évasifs que lui avait donnés
l'artiste, la comtesse demanda au préfet de police une audience
qui lui fut immédiatement accordée, et obtint de ce magis-
trat que l'on mît à sa disposition, l'un des plus habiles détec-
tives, avec lequel elle se mit résolûment en campagne. C'est
une nécessité absolue dans une ville comme Paris, que tout
ce monde de repris de justice et de vagabonds étrangers qui
s'y donnent rendez-vous soit perpétuellement sous l'œil de la
police et l'objet de sa surveillance toute spéciale. C'est une
garantie d'ordre et de sécurité publique, et ce n'est un mys-
tère pour personne que notre préfecture de police, avec son
nombreux personnel et les rapports quotidiens de ses agents
secrets, soit admirablement renseignée sur tout ce qui se
passe dans la colonie de ces bohémiens errants. Les pistes
sont faciles à suivre. Tous ces garnis où grouillait naguère
encore cette misérable population de *pifferari*, qui infestaient
autrefois Paris, étaient l'objet de visites et de perquisitions
les plus minutieuses.

Aussi notre détective, après avoir fouillé quelques-uns de
ces bouges hideux, amena-t-il un matin la comtesse dans un
taudis de la rue des Boulangers, où se trouvaient entassés
pêle-mêle une dizaine de petits *pifferari*, qui préludaient par
leurs orchestres discordants aux abominables concerts qu'ils
donnaient le soir dans les cafés et les brasseries de la capitale

Tous rangés en cercle, le violon renversé, suivaient de l'œil les mouvements du maître, s'étudiant à reproduire les airs que celui-ci leur nôtait.

La comtesse n'eut pas besoin d'un long examen pour découvrir Raffaël au milieu de ces petits virtuoses du pavé, tous sales et déguenillés. Elle alla droit à lui, le prit dans ses bras et le tint longuement embrassé, tandis que le détective procédait à l'arrestation du misérable logeur.

Avant de quitter Paris pour regagner Rome, la comtesse de C... se rendit chez l'artiste, et lui fit accepter une somme de cinquante mille francs en payement du tableau qui lui avait fait recouvrer son cher Raffaël.

Depuis que son fils lui a été rendu, la comtesse n'est plus la même femme, elle s'est rattachée à la vie, elle a retrouvé quelques heures de sa gaieté d'autrefois, car elle a compris qu'elle était nécessaire ici-bas pour faire oublier à Raffaël les tristes exemples qu'il avait eus sous les yeux, et transformer en homme de bien celui qui serait peut-être devenu un vagabond sans aveu.

Terminons en disant que l'instruction de ce procès en détournement de mineur a amené dans ce triste monde de vagabonds italiens de curieuses révélations, que cinq ou six misérables, convaincus de vols d'enfants, ont été arrêtés à la suite de cette affaire et subissent aujourd'hui au bagne le châtiment de leurs crimes. Ces faits et bien d'autres ont décidé le gouvernement français à proscrire impitoyablement ces nuées de mendiants italiens qui infestaient la France. Nous avons applaudi des premiers à cet arrêt d'expulsion, car nous estimons que chaque pays doit conserver la police de ses paresseux et de ses vauriens. Nous ne sommes guère partisan, en cette matière du moins, du libre échange, nous l'avouons hautement. On peut accepter de peuple à peuple l'émigration des travailleurs ; celle des bohémiens et des parasites, jamais !

GIGANTESQUE PROJET

—◦♋◦—

LE TUNNEL SOUS-MARIN

ENTRE

LA FRANCE ET L'ANGLETERRE

La vapeur et ses ingénieuses applications ont fait, dans ce siècle, une véritable révolution. Elles ont rapproché les peuples et donné au commerce du monde entier une impulsion nouvelle. La distance, cet obstacle invincible d'autrefois, n'effraye plus personne aujourd'hui, et les barrières que la nature avait jetées entre les nations sont tombées comme d'elles-mêmes. Chaque pays a son réseau de voies ferrées qui relie toutes ses villes importantes, et tous ces réseaux, se rattachant entre eux, assurent une communication rapide entre tous les peuples d'un même continent. Aussi les voyages, autrefois si longs et si périlleux, ont-ils augmenté dans d'énormes proportions. D'autre part le commerce, qui ne franchissait guère jadis les limites étroites de la ville ou du pays où il avait pris naissance, qui rarement s'étendait de peuple à peuple, lorsqu'il n'existait d'autre communication que la voie de terre, est devenu aujourd'hui cosmopolite.

Ces facilités extrêmes de communication ont fait sentir chaque jour plus vivement la nécessité de rapprocher et d'abréger les distances, et des entreprises gigantesques, que l'on eût à peine osé rêver il y a cent ans et qui feront l'honneur de ce siècle, entreprises menées à bonne fin aujourd'hui, sont venues ouvrir aux voyages et au commerce des horizons nouveaux. C'est ainsi que M. de Lesseps a, tout récemment, attaché son nom à une œuvre immortelle, qui semble dépasser les limites des choses permises à l'homme (la réunion de la Méditerranée à la mer Rouge) et que les montagnes ont été percées à jour. L'œuvre est terminée pour le mont Cenis, et les travaux du tunnel du Saint-Gothard sont poussés avec une grande activité.

Aujourd'hui, ce sont deux peuples, longtemps divisés, la France et l'Angleterre, qui se sont épris de l'idée de se réunir, et qui ont mis à l'étude le projet le plus audacieux que puisse concevoir l'esprit humain, celui de creuser un tunnel sous-marin qui permette de passer à pied sec l'espace occupé par le bras de mer qui les sépare.

Historique du tunnel. — Dans ce gigantesque travail, tout le mérite de l'idée première revient de droit à M. Thomé de Gamond, un ingénieur français qui, le premier, présenta, en 1856, à l'empereur ses études sur la nature des terrains qui s'étendent sous la Manche. Les recherches de l'ingénieur l'avaient amené à cette découverte précieuse, que les formations géologiques sous-marines du détroit du pas de Calais étaient identiques avec les terrains des côtes de France et d'Angleterre, dont elles ne sont que la continuation. Une commission scientifique fut nommée par ordre de l'empereur et vérifia l'exactitude de ces conclusions en pratiquant, sur les deux côtes, à Calais et à Harwich, un sondage suivi de percement de galeries poussées à courte distance sous la mer.

D'un autre côté, un ingénieur anglais, M. Low, faisait des recherches sur la constitution géologique des côtes d'Angleterre, et après avoir comparé ses propres observations aux données recueillies dans les sondages de Calais et d'Harwich, acquit la certitude que les couches sous-marines avaient une régularité parfaite et étaient la continuation des terrains des côtes du détroit, ce qui venait confirmer les indications de M. de Gamond. M. Low adopta alors son projet de double tunnel passant à 400 mètres à l'ouest du phare du South-Foreland et à peu près à 6 kilomètres et demi à Calais.

Depuis quelques années un autre ingénieur anglais, M. John Hawkshaw, étudiait, lui aussi, la question. Il avait fait, à ses frais, une étude géologique de la Manche et des côtes, en avait dressé la carte et était arrivé à cette conclusion qu'il était, à tous égards, plus avantageux de faire passer le tunnel dans l'étage inférieur de la craie, plutôt que de chercher une formation encore inférieure (la craie marneuse) où la nature des roches lui semblait moins favorable à une construction de ce genre. Après les essais de sondage de Calais, sir Hawkshaw fit, de son côté, en 1866, opérer un sondage à la baie de Sainte-Margaret (Angleterre), et un autre à 5 kilomètres ouest de Calais. En 1868, les sondages étaient terminés. Sur la côte française, à 160 mètres au-dessous du niveau des hautes mers; sur la côte anglaise, à 165 mètres, on était entré dans la craie marneuse, et l'on avait atteint les sables verts, ce qui vérifiait la parfaite homogénéité des couches géologiques et confirmait les études antérieures.

Sir Hawkshaw étudia ensuite le fond de la Manche et loua, à cet effet, un petit navire à vapeur. A l'aide d'un appareil de sondage ingénieux, il réussit à retirer de nombreux échantillons de roches attaquées, et arriva à cette démonstration que la craie occupait à travers le détroit précisément la position que lui assignait les sondages faits antérieurement sur les côtes.

Sir John Hawkshaw et M. Brunlees sont les ingénieurs conseils du comité d'instruction qui administre en ce moment, sous la présidence de M. Michel Chevalier, la société d'études du tunnel sous-marin.

La demande de concession adressée au ministre des travaux

Tracé du tunnel à vol d'oiseau.

publics de France, est faite par MM. Michel Chevalier,
Ch. Bergeron, Paul Christofle, Fernand-Raoul Duval, lord
Richard Grosvenor, sir William Hawes, F. Kuhlmann (de
Lille), Alexandre Lavalley, Henri Sieber, Paulin Talabot et
Thomé de Gamond.

Le projet de tunnel doit être mis à exécution par deux
compagnies, l'une française, l'autre anglaise. Chacune des
deux compagnies doit contribuer aux travaux préliminaires
pour une somme de 2 millions de francs. Le ministre des
travaux publics a fait adopter par l'Assemblée nationale le
projet de loi qui doit donner à cette intéressante question une
solution définitive.

Le détroit du pas de Calais, qui sépare la France de l'Angleterre, mesure 30 kilomètres de largeur entre Douvres et le
cap Gris-Nez. Sa profondeur moyenne est de 20 mètres du
côté de l'Angleterre, de 50 du côté de la France. Le lit du
détroit est un plateau à légères ondulations formé d'argile
alternant avec des bancs de grès vert. La situation entre deux
mers agitées rend la navigation du pas de Calais difficile
presque en tous temps ; en automne et en hiver les relations
entre les ports anglais et français sont même souvent interrompues. Aussi l'idée de supprimer la traversée maritime du
Pas de Calais semble-t-elle s'imposer aujourd'hui comme une
nécessité de premier ordre.

PROJET DE M. THOMÉ DE GAMOND.

M. Thomé de Gamond est le premier qui ait présenté une
solution pratique du problème. Après avoir patiemment étudié les différents étages du sol sous-marin du détroit, il a
conçu le plan du tunnel devant relier la France à l'Angleterre, et le projet définitivement adopté par la commission
s'est largement inspiré de son travail. Tout l'honneur de cette
idée grandiose revient donc de droit au chercheur infatigable
qui a consacré une partie de sa vie à faire sortir cette
question de la région des chimères où elle était reléguée.

Le plan de M. Thomé de Gamond était de faire passer dans la couche du terrain jurassique un tunnel en forme de cylindre, dont l'axe mesurerait 9 mètres de largeur sur 7 de hauteur. Deux voies ferrées devaient courir le long de ce tunnel, et parallèlement à ces voies on aurait établi deux trottoirs pour les piétons.

Le tunnel devait partir du continent, pénétrer sous la mer à la hauteur du cap Gris-Nez et réapparaître à la pointe Eastware entre Douvres et Folkstone. Dans cette route, il rencontrait à égale distance de France et d'Angleterre l'écueil de Varne que l'ingénieur avait utilisé pour en faire une station maritime à ciel ouvert. C'est là que les trains devaient faire halte. Cette station était établie au fond d'une vaste tour ouverte dans le terre-plein d'un îlot factice construit sur le banc de Varne. A ce terre-plein était annexé un port gigantesque couvert par des môles faisant quai à la mer.

Au fond de la tour de Varne était aménagée une vaste cour elliptique, qui devait servir de gare, et de cette gare, au moyen d'une spirale ascendante en pente douce et modérée, remontaient et descendaient les wagons : au sommet de la tour, ils suivaient les rails qui menaient aux différents môles et venaient de cette façon charger et décharger à quai sur les navires eux-mêmes, évitant ainsi les frais toujours onéreux de transbordement.

Sous les côtes d'Angleterre, le tunnel à la station d'Eastware se dirige par un parcours de 5 kilomètres 1/2 sur Douvres où il prend jour. Du côté de la France, la galerie qui abandonne la mer au cap Gris-Nez, se prolonge à 8800 mètres jusqu'au village de Marquise, où elle se relie avec la route de Paris par Boulogne et Amiens, tandis qu'une autre section se raccorde aux environs de Calais, aux chemins de fer de Belgique et d'Allemagne.

Les stations qui terminent de chaque côté la partie de la ligne qui passe sous la mer sont toutes deux à ciel ouvert. Celles d'Eastware a une profondeur de 30 mètres, celle du cap Gris-Nez a 54 mètres. Un escalier tournant, spacieux, à rampes douces, permettait l'accès du souterrain, et les tours de ces stations devaient servir de voies d'accession pour les travaux de percement, de revêtement, d'extraction des eaux et de ventilation.

M. Thomé de Gamond, dans son étude pour l'avant-projet d'un tunnel sous-marin entre la France et l'Angleterre, propose de subdiviser le détroit du pas de Calais en quatorze sections au moyen de treize îlots factices. Sur ces îlots on aurait creusé treize puits de mine, à l'aide desquels les plus longs ateliers ne seraient plus que des galeries de 1 kilomètre 1/2 de longueur. Sur ces îlots devaient être installés des ateliers d'extraction et des observatoires pour les raccordements. L'œuvre est ainsi subdivisée en quatorze sections dont l'attaque parcellaire pourrait être entreprise sur vingt-huit ateliers à la fois.

D'après les devis de l'auteur, la construction de ce monumental tunnel aurait entraîné une dépense de 3400 francs le mètre courant, et le tunnel entier, y compris les travaux de raccordement, aurait coûté 170 millions de francs.

LE PROJET DE LA COMMISSION.

C'est en s'inspirant des études précédemment faites que la commission d'études du tunnel sous-marin de la Manche a dressé le projet actuel.

L'axe du tunnel définitif, qui doit recevoir une ligne de chemin de fer à double voie, suit sur toute sa longueur une droite passant par le South-Foreland, au sud de la baie de Saint-Margaret, et par un point situé à mi-chemin entre Calais et Sangatte.

Le chemin de fer *London-Chatham and Dover* s'y raccorde par un embranchement passant entre le faubourg de Charleston et la ville de Douvres. Celui de *South-Eastern* s'y rattache par une ligne qui décrit une courbe au *Shakspeare Cliff*, passe derrière le faubourg des Heigts et traverse les voies du chemin précédent pour atteindre son embranchement vers

Saint-Margaret. La nouvelle ligne, presque parallèle à la côte, fait un coude à angle droit près de ce dernier village et change brusquement de direction.

D'autre part, sur la côte française, la ligne s'infléchit légèrement vers l'ouest et se raccorde près de la station de Frethun avec le chemin de fer de Calais à Boulogne.

Le résultat des sondages a donné pour la profondeur moyenne de la mer au-dessus du tunnel le chiffre de 30 à 35mètres au-dessous du niveau des basses mers. Le tunnel projeté se compose de trois parties distinctes : une partie centrale, qui a 26 kilomètres de longueur et deux rampes d'accès de 11 kilomètres chacune, ayant une pente comprise entre 12 millimètres 5 et 13 millimètres 15 par mètre. La partie centrale serait légèrement arquée et se décomposerait en deux portions égales, inclinées chacune de 0^m,378 par kilomètre, de manière à permettre l'écoulement des eaux jusqu'à l'origine des rampes d'accès, d'où partirait de chaque côté une galerie à section réduite ayant environ 4 kilomètres 5 de longueur, et faisant suite à chacune des sections de la partie centrale du tunnel. Ces galeries sont destinées à amener les eaux de la partie centrale, au fond d'un puits débouchant en terre ferme. Ce puits sera en même temps utilisé pour l'aérage du souterrain. Ces puits et galeries serviront de travaux préliminaires, ils permettront de se rendre un compte exact de la possibilité pratique de l'entreprise, et ils sont destinés à former dans la suite une des parties essentielles du tunnel.

Ainsi le point culminant du tunnel se trouve presque exactement au milieu de son parcours. En cet endroit, le tracé est à 130 mètres en dessous du niveau des basses mers. De là une pente douce conduit vers chacune des deux rives les eaux qui se sont infiltrées à l'intérieur; ces eaux sont amenées dans les puits, où elles sont enlevées par les pompes d'épuisement.

Un des termes inconnus du problème est la question de savoir s'il n'y a pas à redouter l'invasion des travaux par

l'eau de mer soit avant, soit après la construction. Les ingénieurs s'en sont occupés spécialement, et ils ont cru pouvoir,
après une étude sérieuse de la constitution géologique du
détroit, répondre négativement.

D'après les devis actuels, les puits doivent avoir 6 mètres
de diamètre et être revêtus d'une maçonnerie sur une épaisseur de 60 centimètres, il en sera de même du muraillement
intérieur du tunnel. Un ingénieur anglais, M. W. Austin, a
proposé de remplacer la brique par le béton aggloméré. Sa
maçonnerie est formée de blocs de béton, de formes identiques, présentant une série d'angles rentrants qui permettent
de les encastrer les uns dans les autres. La construction par
juxtaposition ainsi formée est d'une solidité à toute épreuve.

D'un autre côté, au lieu d'exiger vingt-cinq années de travail, temps requis pour maçonner à la brique l'intérieur du
tunnel, le système expéditif de M. Austin peut aisément
poser un mètre courant de maçonnerie par heure, ce qui per-
mettrait, en poussant activement le travail sur les deux côtés
du détroit, de le terminer en un laps de trois ans.

Ce qu'il eût été insensé de tenter il y a un demi-siècle peut
s'accomplir aujourd'hui, et nous pouvons même dire va s'accomplir, à moins d'un obstacle insurmontable qui ne peut
résulter que de l'inondation; c'est d'ailleurs le seul alea de
l'entreprise. D'autre part, grâce à l'invention récente de machines perforatrices d'une puissance inconnue jusqu'à ce
jour, la question du percement ne saurait arrêter un instant,
surtout si l'on songe que depuis les travaux du mont Cenis
et du Saint-Gothard on est arrivé à construire des machines
pour la perforation des roches qui fonctionnent au milieu
des granits et des silex avec autant de facilité que le vilebre-
quin dans le bois. Chaque jour vient apporter à ces machines
un perfectionnement nouveau. Celle qui réalise le progrès le
plus sérieux et laisse loin derrière elle toutes ses devancières,
celle qui a toutes les chances d'être adoptée pour le percement du tunnel sous-marin est la machine Brunton, qui a
donné au Saint-Gothard les meilleurs résultats. Les ingénieurs

anglais ont fait divers essais sur les falaises de leur côté et ces expériences ont établi que la marche de la machine Brunton à travers la craie était de plus d'un mètre par heure. Deux machines de ce genre creusant le tunnel, l'une à partir de Douvres, l'autre de Calais, se rejoindraient, par conséquent, en moins de deux ans.

La galerie simple creusée par la machine Brunton avec 2 mètres 10 de diamètre n'entraînerait pas une dépense supérieure à 20 millions de francs. Cependant, le capital nécessaire à l'exécution du tunnel et de ces voies de raccordement a été évalué à la somme de 250 millions. Ce chiffre, au surplus, est un maximum qui ne saurait être dépassé.

On évalue l'ensemble des travaux préliminaires avec les dépenses accessoires à 4 millions de francs en y comprenant les deux machines d'épuisement d'une force de 2000 chevaux chacune.

Lord Lyons, ambasseur d'Angleterre à Paris, a fait connaître, dans une lettre récente adressée à notre ministre des affaires étrangères, que son gouvernement adhérait en principe aux dispositions proposées par le gouvernement français.

Nous avons donné les termes du projet de loi qui va être bientôt soumis au vote de l'Assemblée nationale. Les plans et les devis sont prêts. Ils doivent être exécutés par deux compagnies, l'une française, l'autre anglaise. Un comité, dont les membres seront pris dans les deux conseils d'administration, sera chargé de la direction des travaux.

Nous avons foi dans le succès de cette entreprise prodigieuse, un rêve hier encore, aujourd'hui un projet, demain sans doute une réalité, et nous admirons avec un véritable enthousiasme ces puissantes manifestations du génie industriel de notre époque. Dans sa lutte contre la nature, l'homme a osé entreprendre de réunir les mers, de percer à jour les montagnes ; il a résolu aujourd'hui de passer l'Océan à pied sec, et il le passera.

ÉCROULEMENT D'UNE GALERIE DE REFUGE.

LES

INONDATIONS DU MIDI

CHAPITRE PREMIER

Les causes du fléau. — Description de la vallée de la Garonne.
La ville de Toulouse. — La catastrophe.

Avant d'écrire le récit des terribles malheurs causés dans
le Midi par les inondations du mois de juin dernier, il n'est
pas hors de propos de rechercher quelles sont les causes de
ce fléau terrible ; nous indiquerons plus tard les moyens ima-
ginés pour en prévenir les effets et en empêcher le retour.

Nous ne nous attachons pas à réfuter l'opinion de ceux qui
ont voulu voir dans l'inondation qui a désolé nos belles provinces un châtiment infligé par la main divine pour punir
les crimes des hommes. C'est vouloir faire de Dieu un être
méchant et colère et lui attribuer gratuitement nos mesqui-
nes passions.

Il suffit d'ailleurs de rappeler que des inondations presque
aussi désastreuses ont eu lieu à toutes les époques, sous tous
les régimes et quelle que fût la religion des habitants.

En 1678 les eaux ravagèrent de même ce riche pays et leur
crue fut si subite que des naturalistes s'imaginèrent qu'elle
était due à la rupture d'un lac souterrain et à son épanche-
ment dans les réservoirs des sources des Pyrénées. C'était là
une supposition tout à fait gratuite. Il suffit de jeter un coup
d'œil sur le bassin de la Garonne pour comprendre que sa
configuration seule est cause de ces sinistres périodiques.

La ceinture de ce bassin est formée à l'ouest par les monts
de Bigorre, au sud par les Pyrénées et à l'est par la ligne du
partage des eaux qui comprend les Cévennes méridionales
jusqu'au massif de la Lozère. Lorsque de grandes masses d'eau
tombent sur ces montagnes pendant la saison d'été et que
leur chute coïncide avec la fonte des neiges accumulées sur
les hauts sommets, il y a dans la plaine un engorgement que
le débit des cours d'eau est insuffisant à vider.

La Garonne prend sa source au val d'Aran, dans les Pyrénées espagnoles, entre les pics de la Maladetta et du mont
Vallier. Elle entre en France par le *Pont-du-Roi,* construit sur
une espèce de déchirure qui termine la vallée d'où elle se dirige dans la direction du nord-ouest vers Toulouse, puis après
s'être réunie à la Dordogne elle va, sous le nom de Gironde,
se jeter dans l'Océan au-dessous de Bordeaux. Les départements qu'elle traverse sont ceux de la Haute-Garonne, du
Tarn-et-Garonne, du Lot-et-Garonne et de la Gironde.

La ville de Toulouse, qui a été la plus maltraitée par l'inondation, est située au milieu de la vaste plaine que l'on dé-
couvre en descendant des monts du Limousin et qui annonce
le Midi comme le fait celle de Valence sur le versant du
Rhône.

La ville est bâtie sur les deux rives du fleuve qui, en descendant des montagnes, se précipite rapidement vers elle comme
à l'entrée d'une sorte d'entonnoir. En amont de la ville, le
courant se divise en plusieurs bras qui vont se réunir de nouveau au-dessous du pont Saint-Michel.

La rive droite est seule abritée par des quais, le long
desquels sont amarrés des écoles de natation et des bateaux

de blanchisseuses; c'est de ce côté que la ville est bâtie.

La rive gauche, beaucoup plus basse, est occupée par le faubourg de Saint-Cyprien qui compte plus de trente mille habitants et sert d'entrepôt au commerce de cette ville avec toute la région qui s'étend jusqu'aux Pyrénées. La grande rue de Bayonne le traverse dans toute sa longueur.

Les crues de la Garonne, dans les diverses inondations auxquelles le pays avait été en proie précédemment, s'étaient élevées, en 1827, à 4 mètres au-dessus du niveau ordinaire, en 1835 à 5 mètres 35 centimètres. La plus forte fut celle de 1772, où le fleuve atteignit 8 mètres 50 centimètres au-dessus de l'étiage.

Mais en juin 1875 la Garonne a atteint 9 mètres et s'est élevée même vers son embouchure jusqu'à 9 mètres 27 centimètres. C'est ce qui explique la gravité des désastres qui ont suivi et que nous allons raconter.

C'est à partir du 22 juin que le danger commença à devenir menaçant. De gros nuages, poussés par un violent vent d'ouest, obscurcissaient le ciel et versaient des torrents de pluie auxquels venait se joindre la fonte des neiges que la tiédeur de la température faisait descendre des montagnes avec une rapidité vertigineuse.

Dans la nuit du 22 au 23 le fleuve, qui avait grossi à vue d'œil, se mit à prendre des allures effrayantes. On vit flotter sur les eaux des planches, des meubles, des arbres et même des cadavres d'animaux qui annonçaient que des villages en amont étaient déjà envahis. Dans la ville même, l'école de natation Artigaud, arrachée du quai le matin du 23, allait se briser contre les piles du Pont-Neuf. A neuf heures on ferma, crainte d'accident, les portes du pont suspendu de Saint-Michel et l'on vit s'éteindre sous les ondes qui les envahissaient les fourneaux du moulin de Bazacle. Bientôt toutes les maisons voisines du quai de Tournis sont inondées, et le pont Saint-Pierre, cédant sous la pression des flots entassés, tombe dans le gouffre avec un bruit sourd.

Le niveau des eaux continuant à s'élever, l'autorité s'empresse de diriger des détachements de tous les corps de la garnison pour élever à la hâte des digues sur les points les plus ménacés, et principalement au faubourg Saint-Cyprien.

Vains efforts ! Ce faubourg allait être envahi par un point que l'on n'avait pas même songé à préserver. Cependant des fourgons d'artillerie le parcourent et recueillent ceux qui n'ont pas encore eu le temps de fuir ou que l'inondation a surpris et enfermés dans leurs maisons. Le dernier fourgon employé au sauvetage est renversé avec les quatre vigoureux chevaux qui le traînent ; il faut recourir aux bateaux. On évacue précipitamment les malades de l'Hôtel-Dieu dont le premier étage est déjà submergé.

La nappe d'eau a fini par envahir le faubourg Saint-Cyprien tout entier qui ne forme plus qu'un vaste lac de 4 kilomètres carrés. La nuit est venue, sombre et sinistre, et la pluie tombe toujours. L'effroi redouble quand les cables du pont Saint-Michel se rompent sous le poids du torrent et que le tablier est précipité dans le fleuve. On tremble que ce tablier, en donnant contre les piles en pierres du Pont-Neuf, ne parvienne à les ébranler et que ce dernier monument ne succombe à son tour. Heureusement que la rapidité du courant entraîne le tablier au loin.

C'est à ce moment qu'eut lieu l'admirable dévouement du brave marquis d'Hautpoul qui, ayant voulu avec un bateau voler au secours des malheureux inondés fut précipité dans le torrent du haut d'un barrage élevé près de l'Hôtel-Dieu. Tel fut le prologue du drame terrible qui devait durer toute la nuit et faire tant de victimes. A chaque instant on entendait s'écrouler les murs de quelque maison, entraînant avec eux les habitants écrasés sous leurs débris ou noyés dans la profondeur des eaux. Dans les ténèbres épaissies par le déluge des eaux retentissaient douloureusement les cris et les lamentations des gens de Saint-Cyprien qui n'avaient pu se sauver dans la ville ; impossible de leur porter secours ; il fallut attendre que l'obscurité se dissipât pour aller les délivrer et reconnaître l'étendue du désastre.

CHAPITRE II

L'Inondation hors de Toulouse. — Les héros et les martyrs de
l'inondation. — Aspect des ruines.

Nous ne pouvons suivre pas à pas dans chaque pays l'invasion du terrible fléau. Mais afin de donner à nos lecteurs une
idée des ravages exercés dans tout le bassin du fleuve, nous
transcrivons les plus importantes dépêches expédiées des
points principaux aux journaux de Paris.

Auch, 23 juin, soir. — A la suite de pluies qui durent depuis bientôt trois
jours, toutes les rivières dans le département sont débordées.

Le Gers est à environ 5 mètres au-dessus de l'étiage ; la basse ville est
inondée ; les désastres matériels sont considérables.

Tarbes, 23 juin, soir. — Le pont de sept arches qui relie les deux rives de
l'Adour à Tarbes a été emporté par les eaux ; deux personnes qui s'y trouvaient ont été noyées.

La circulation du chemin de fer est interrompue du côté de Pierrefitte. La
voie a été coupée par les eaux.

Castelnaudary, 23 juin, 9 heures du matin. — Depuis trente-six heures
il pleut dans l'Aude, dans la Haute-Garonne, dans le Tarn. La récolte du blé,
qui allait être faite, est sérieusement compromise dans ces départements. Si
la pluie continue encore vingt-quatre heures, tout sera perdu.

Foix, 23 juin, 1 heure soir. — Après cinquante heures de pluies torren-
tielles, les cours d'eau ont débordé. Les nouvelles de la haute Ariége sont
désolantes.

Même provenance, 25 juin, 6 heures 15, matin. — On annonce de grands
désastres sur divers points du département. A Mazères, douze maisons écroulées, plusieurs familles sans asile. Pertes matérielles énormes ; beaucoup de
bêtes ont péri.

10 heures 10, matin. — Le préfet s'est rendu à Verdun. Cinquante maisons
ou granges détruites ; quatre-vingts personnes disparues sous les décombres
avec cinq cents têtes de bétail environ.

Les villages de Labastide et de Besplas entièrement engloutis. Le sous-
préfet de Pamiers est sur les lieux.

Bagnères-de-Bigorre, 25 juin. — Le cours furieux de l'Adour charrie des épaves de toutes sortes, et les champs fertiles qui bordent son lit sont transformés en cataractes boueuses qui, de temps à autre, déracinent et enlèvent l'un des beaux noyers qui bordent le lit du torrent.

Une belle minoterie neuve, qui devait commencer ses travaux ce mois-ci, a été éventrée, et un tiers de la grande aile qui borde le torrent s'est écroulé, en sorte que les immenses magasins bondés de blé demeurent béants. Le musée de la célèbre marbrerie Géruset, heureusement débarrassé de ses riches collections lors des premières inondations du mois, vient de s'écrouler.

Lourdes, 25 juin. — Une pluie torrentielle tombe sans discontinuer depuis quatre jours. La récolte du foin, qui s'annonçait magnifique, est perdue en grande partie. L'herbe des prairies fauchées a été emportée par les eaux. La grotte miraculeuse est complétement submergée; l'eau atteint presque la statue de la Vierge, placée à 2 mètres au-dessus du sol. Entre Pierrefitte et Lourdes, la voie est coupée en plusieurs endroits.

On voit par cette dernière dépêche que l'inondation n'avait pas reculé même devant un sanctuaire vénéré. Revenons à Toulouse où les dégâts ont été le plus considérables, car plus de douze cents maisons se sont écroulées, et l'on a retiré de leurs ruines ou recueilli sur les rives du fleuve deux cent huit cadavres, sans compter deux cents chevaux qui ont péri dans l'inondation. Que de drames poignants s'étaient accomplis pendant cette funèbre destruction! Nous en raconterons quelques-uns, pour montrer à la fois l'étendue du mal et le dévouement que déployèrent les sauveteurs. Voici le tableau que trace un témoin oculaire, M. Théophile Astrié, du triste spectacle qui s'offrait à chaque pas dans les décombres.

« Dans la Grande-Rue-Saint-Nicolas, une haute muraille semble maintenue en équilibre par deux énormes tas de décombres qui lui servent pour ainsi dire d'étais. Malgré la menace du mur branlant, nous gravissons un de ces monticules et, à la hauteur de 4 mètres à peu près, plongeant le regard au milieu de ce bouleversement de tuiles et de poutres, nous apercevons un tableau navrant. Sous une porte de soupente, improvisée par l'effondrement de la charpente du toit,

Famille réfugiée sur un pigeonnier.

Pour les inondés.

4

maintenue à 3 mètres du sol par les débris du premier étage et la muraille restée debout, trois victimes ont été surprises par la double catastrophe de l'inondation et de l'écroulement. Dans le même lit, le père et la mère gisent, les bras dressés, les mains crispées, comme dans un mouvement de défense contre la mort, et, à côté de leurs deux cadavres, sur une couchette plus basse, nous voyons celui de l'enfant surpris par la même catastrophe et frappé par le même coup.

« Sur un autre point, le tableau est plus effroyable encore dans sa hideuse réalité. Un homme jeune et vigoureux, précipité, avec les débris de sa maison du second étage au rez-de-chaussée envahi par les eaux, est cependant retenu à 3 mètres du sol par les poutres qu'il a suivies dans leur chute. Mais, détail horrible, ce qui semblait devoir le préserver de la mort l'a, au contraire, plus fatalement perdu. Ses deux jambes sont si fortement engagées entre les pièces de bois qui le maintiennent en l'air, qu'il lui est impossible de se dégager; et sa tête, portée trop bas, plonge dans l'eau, haute de 3 mètres et demi au-dessus du sol! C'est dans cette position épouvantable que son cadavre a été découvert, le visage affreusement contracté par les efforts qu'il a faits pour échapper à la mort. »

En même temps que la troupe et les travailleurs fouillaient les décombres, des pêcheurs, montés sur de grands bateaux plats, exploraient le lit du fleuve. Dans les hautes herbes, dans les anfractuosités, des morts étaient accrochés.

De temps en temps on en voyait un qui passait au fil de l'eau; à ceux-là il fallait donner une véritable chasse, chasse funèbre que rendait plus difficile la rapidité du courant.

Dans une maison du faubourg Saint-Cyprien, on a trouvé une femme, encore inconnue, qui, de ses mains crispées, tenait hors de la fenêtre le cadavre d'un petit enfant de quelques mois. La tête du bébé reposait sur une grosse pierre. Sans doute qu'au moment de sa mort cette femme tendait son fils à des sauveteurs qui ne l'ont pas vu ou n'ont pas pu le recueillir.

A quelques pas de là, un ouvrier du nom de Peyre était pendu. Voyant la mort inévitable, il avait voulu en finir plus vite. A côté de sa tête, une de ces pendules dites *œil-de-bœuf*, et qui sont fixées au mur, n'avait pas cessé de marcher au milieu de la catastrophe.

Dans une maison de la rue Varsovie s'étaient réfugiés à l'étage le plus élevé vingt personnes de tout âge, seize femmes et quatre hommes. Jusqu'à une heure du matin ces malheureux n'entendirent que le fracas des maisons voisines qui s'écroulaient et les cris des victimes qui tombaient dans le gouffre. Tout à coup la maison même où ils se sont réfugiés tremble sur ses fondements et quelques tuiles du toit en tombant dans la rue annoncent la chute prochaine du reste de l'édifice. Heureusement qu'un bohémien, un tondeur de chevaux, a vu le péril. Il fait passer les vingt personnes sur une construction voisine, tout juste au moment où s'écroule la maison qu'ils venaient de quitter. Mais ce nouvel asile ne tarde pas à craquer à son tour et tous ces malheureux se croient pour le coup perdus sans ressource, lorsque le gitano parvient à les faire passer sur un toit voisin où les prolonges d'artillerie viennent les recueillir trois heures plus tard.

Au milieu du trouble qui a suivi le désastre, les autorités ont pris une mesure dont il faut les louer sans réserve.

Au fur et à mesure que des cadavres étaient découverts sous les maisons écroulées et dans les eaux jaunâtres, on les transportait, soit à l'Hôtel-Dieu, soit au cimetière ; mais avant de les enterrer on avait soin de constater leur identité.

De braves soldats s'étaient chargés de cette triste besogne.

Les cadavres étaient placés devant un appareil photographique, et les traits plus ou moins décomposés des malheureuses victimes se trouvaient bientôt reproduits sur la plaque enduite de collodion.

Rien de plus lugubre que cette scène de photographie. Au dire de tous ceux qui y ont assisté, cela était terrifiant.

Parmi les nombreux actes de dévouement, il faut citer ceux du brave lieutenant Peragallo dont M. Albert Delpit a célébré avec talent la bravoure et le courage dans les vers suivants qui honorent à la fois celui qui en est l'objet et celui qui en est ·l'auteur.

> Tenez ! j'ai vu, debout sur une passerelle,
> Un lieutenant... Il est là secoué par elle,
> Comme une feuille morte au gré des vents d'hiver.
> Le fleuve est à ses pieds grondant comme la mer...
> Un à un, il arrache à l'abîme ses proies !
>
> Sur la rive on regarde... Oh ! les lugubres joies,
> Les douloureux bonheurs, quand on le voit penché,
> Saisissant un enfant que sa main a touché !
> Quand on le voit, muet, se soutenant à peine,
> Pêcheur d'hommes, sauver ceux que le fleuve entraîne.....

Au nombre des sauveteurs les plus dévoués se distingua un employé de l'octroi, le sous-brigadier Cazeaux qui, aidé des préposés Lacroix et Maylin, accomplit de véritables prodiges. Plus de quarante personnes, dit-on, lui ont dû leur salut.

Partout où il y a eu du danger, il s'est trouvé pour l'affronter des hommes de courage qui, au péril de leur vie, ont marché au secours des infortunés. Ainsi à Pinsaguel, on vit le gendarme Soulé, ancien cuirassier de Reichshofen, organiser à lui seul le sauvetage. Grâce à sa haute taille et à sa force peu commune, il allait, ayant de l'eau jusqu'aux aisselles, de porte en porte, de fenêtre en fenêtre, chercher les victimes. Après les avoir chargées une à une sur ses épaules, il courait les déposer hors de l'atteinte des eaux.

A Toulouse, l'ex-zouave Duluc, qui venait de sauver dix-huit personnes, est atteint en pleine poitrine par une épave que charriait le courant. Comme le sang s'échappe à gros bouillons de sa blessure, les personnes qui l'entourent, voulant à tout prix l'empêcher de se perdre en recommençant, l'enferment dans une maison. Mais bientôt il parvient à s'échapper par la fenêtre et, courant de nouveau au-devant du danger, il sauve neuf individus.

Le maire de Grenade, M. Barcouda, court à son poste dès le premier cri d'alarme. Non content de donner les ordres nécessaires pour assurer le sauvetage, il paye lui-même de sa personne et prêche d'exemple. De l'autre côté du fleuve se trouvent deux hameaux qui vont être broyés par le courant si on ne les secourt promptement. Mais l'impétuosité des eaux est telle que les plus hardis reculent. Aucun marinier n'ose entrer dans sa barque. N'écoutant que la voix du devoir, M. Barcouda s'élance dans une embarcation, prêt à faire seul le trajet, s'il n'est pas suivi. Électrisés par son exemple, trois hommes se décident à l'accompagner et les habitants des deux hameaux sont enfin arrachés à une mort certaine.

Partout, soldats et mariniers ont lutté d'intrépidité. Au moulin du Vernet, l'eau montait au premier étage. Un batelier, Bertrand Dellac, et Lapenne, fermier du pont de Venesque, se dévouèrent, prirent un bateau et furent assez heureux pour sauver cinq personnes de la mort. Plusieurs soldats payèrent de leur vie leur noble dévouement, entre autres un Lorrain, nommé Weyer, 2ᵉ conducteur à la 8ᵉ batterie du 23ᵉ d'artillerie et un autre artilleur, Avit, 2ᵉ conducteur à la 5ᵉ batterie du 18ᵉ régiment.

Terminons cet exposé nécessairement incomplet par le récit d'une scène terrible qui se passa le mercredi même où la Garonne, franchissant ses digues, s'élança sur le faubourg de Saint-Cyprien. Une des premières maisons atteintes était habitée par un menuisier du nom de Giret, dont le fils, un jeune homme de vingt-quatre ans, était subitement devenu fou l'année précédente. Son père, qui le soignait avec un dévouement admirable, allait périr avec lui, lorsqu'un ponton monté par un rameur s'approcha de la fenêtre et tous deux purent y sauter. En ce moment le bateau, ressaisi par le courant, gagna le milieu de la rue. On vit alors, à la clarté des torches, une scène épouvantable. Le fou, qui ne se doutait point de la grandeur du péril, se dressa tout à coup sur ses pieds et empoignant son père au collet, se mit à lui crier : «A l'eau! à l'eau! viens voir ce qui se passe sous l'eau dans la rue.»

Une lutte s'engagea. Le rameur avait lâché les avirons pour
se précipiter au secours de Giret. La mêlée dura quelques
secondes; puis le bateau, avec des oscillations effroyables,
s'en alla se briser contre un mur. Le fou se noya; des canon-
niers repêchèrent Giret et le rameur.

CHAPITRE III.

*Voyage du Président de la République. — Récompenses accordées
aux sauveteurs. — Souscription nationale pour les inondés.*

A la première nouvelle du malheur qui frappait une de
nos plus belles provinces et plongeait quatre départements
dans la désolation, le maréchal de Mac-Mahon, président de
la République, obéissant aux conseils de son grand et géné-
reux cœur, résolut de se rendre immédiatement sur les lieux.
L'héroïque soldat qui a versé son sang pour la patrie sur les
champs de bataille ne pouvait s'empêcher d'accourir où
était le danger. Il était digne de celui qui veille aux destinées
d'un grand pays d'aller se rendre compte par lui-même de
l'étendue du désastre. Secourir les infortunes les plus désolées,
récompenser les actes de courage, fortifier par sa présence le
zèle et le dévouement de tous, telle fut la mission que se
donna aussitôt le duc de Magenta.

Nous allons le suivre pas à pas dans ce pénible voyage où
il a su prodiguer les consolations et les bienfaits, voyage
heureux, non-seulement par les secours qui ont été distribués,
mais surtout parce qu'il a permis au maréchal de connaître
toute la grandeur du sinistre, et de faire appel ensuite à la
générosité de la nation, afin de panser tant de plaies, de ré-
parer tant de pertes.

Le train qui emmenait le Président de la République,
accompagné des ministres de l'intérieur et de la guerre,
partit de Paris, le 25 au soir et arriva à Périgueux le lendemain matin. Comme l'inondation avait rendu impraticable la
route directe de Périgueux à Toulouse par Agen, un train

spécial les conduisit, par Capdenac, à Toulouse où ils arrivèrent à deux heures vingt-sept minutes.

Le maréchal monta aussitôt en voiture et il se rendit à la cathédrale, où il resta dix minutes, de là à la préfecture. Il était en petite tenue et paraissait très-ému. Après une demi-heure d'un repos bien nécessaire, il sort et prend la direction des quartiers qui ont le plus souffert. Arrivé à Saint-Cyprien, à la vue de ces ruines désolées, son émotion est au comble : « Jamais, dit-il à ceux qui l'entourent, je n'ai vu de si affreux spectacle, même sur le champ de bataille.» A la rue de Bayonne, le cortége s'engage sur une étroite chaussée où l'on ne peut passer que un à un entre deux ravines pleines d'eau et de boue qui s'étendent de chaque côté.

A cent cinquante pas de là environ, la voie étant coupée par une autre ravine, un sergent de ville jette une poutre en travers et tend la main au président de la République qui franchit ce pont improvisé. Aussitôt il est entouré et acclamé par une foule d'inondés qu'il laisse approcher de sa personne.

« Messieurs, leur dit-il, vous avez subi des désastres au-dessus de toute expression. L'Assemblée a déjà voté une allocation ; mais lorsqu'elle connaîtra l'étendue de vos malheurs, nul doute qu'elle ne vote le nécessaire; nous ferons tout notre possible pour adoucir votre sort. »

La foule répond par des acclamations à ces bonnes paroles, et le maréchal, remontant en voiture, se dirige vers l'allée de la Garonne, après avoir donné l'ordre d'employer la dynamite dès le lendemain, afin de dégager de leurs ruines les principales rues du faubourg.

A l'Hôtel-Dieu, où il visite les blessés, une modeste religieuse s'étant approchée du maréchal, celui-ci la reconnaît : « Ma sœur, lui dit-il, c'est vous avez soigné mes braves soldats à l'hôpital militaire du Gros-Caillou, lors de l'épidémie de 1855. » La sœur Pénin, car c'était elle en effet, qui s'était dévouée à cette époque ainsi qu'elle venait de le faire à Toulouse, s'inclina en rougissant. Des félicitations furent aussi adressées à M. Bonneau, chef interne, et à M. Labat, qui

UNE CHAMBRE INCENDIÉE

s'étaient distingués par leur belle conduite au milieu des
dangers.

En quittant l'Hôtel-Dieu, le cortége se rend à la manufac-
ture des tabacs, dont les ouvrières, victimes de l'inondation,
ont été réunies dans la seconde cour de l'établissement. Elles
accueillent le maréchal par des vivats. On revient ensuite au
Capitole distribuer des secours aux plus nécessiteux, et de là
on se rend au Cirque, devenu l'asile provisoire de neuf cents
inondés.

Le dimanche 27, ce fut le tour des villages situés en aval de
Toulouse, Ondes et Fenouillat. Le Président de la République
y laissa des secours pour les besoins les plus urgents. En
rentrant en ville, il visita les principales fabriques et s'entre-
tint avec les usiniers des moyens de garantir désormais ce
quartier populeux et industriel.

Le 28, à cinq heures du matin, le maréchal, après avoir
laissé au maire de Toulouse un secours personnel de 12 000
francs, part pour Tarbes. En passant à Muret, il complimente
les frères des écoles chrétiennes et la gendarmerie, remet
au maire 3000 francs pour les villages voisins qui ont été
endommagés et visite ensuite Saint-Martory. A Tarbes, les
dégâts causés par l'Adour étaient considérables, de même à
Auch, Agen, Foix et Carcassonne, qui reçurent successivement la visite du chef de l'État. Il partit de cette dernière
ville le 5 juillet, ayant reconnu, dans cette excursion à travers les pays inondés, les besoins de la population et ayant
pris toutes les mesures pour qu'aucun inondé ne restât sans
abri ni vêtements. Restait à récompenser les personnes qui
s'étaient signalées au milieu du danger. De nombreuses croix
de la Légion d'honneur, des médailles d'or et d'argent furent
distribuées aux plus méritants. Nous ne pouvons citer ici
tous ceux qui ont reçu la digne récompense de leur dévouement. Il nous suffira de nommer, parmi ceux qui furent dé-
corés, les ingénieurs Lancelin et Huyot, qui furent faits offi-
ciers, le sous-lieutenant Péragallo, les ingénieurs Aubé et
Parlier, la sœur Pénin et M. Barcouda, maire de Grenade,

qui reçurent la croix de chevaliers. Deux médailles d'or ont été décernées, l'une à Cabanes, chef surveillant des lignes télégraphiques, et l'autre à Castel, agent de la sûreté, qui a sauvé environ 50 personnes et a failli périr victime de son dévouement.

Quand on apprit à Paris la nouvelle de l'immense perte subie par les départements du Midi, les souscriptions s'organisèrent spontanément en tous lieux, dans les bureaux des journaux, aux ministères, etc. L'élan fut admirable. Sous la présidence de Madame la duchesse de Magenta, un comité se forma pour centraliser les souscriptions, et chacun a si bien fait son devoir, qu'à l'heure qu'il est plus de 25 millions ont été recueillis. Il faut dire aussi que non-seulement en Europe, mais dans le monde entier on a généreusement contribué à ce magnifique résultat.

Parmi les souscriptions individuelles qui sont venues grossir promptement la liste des secours, il est juste de citer M. Crémieux qui a donné 50 000 francs ; MM. de Rothschild frères, 30 000 francs ; sir Richard Wallace et Madame Heine, chacun 25 000 francs ; le pape Pie IX, 20 000 francs ; les princes d'Orléans, chacun 10 000 francs. L'Assemblée nationale vota un crédit de deux millions ; la Banque de France souscrivit pour 50 000 francs, la Compagnie des agents de change de Paris pour 30 000.

Des quêtes fructueuses furent faites dans les églises, des représentations à bénéfice organisées dans les théâtres. Un simple acteur, Berthelier, put ainsi verser pour sa part la somme de 5 861 francs, ce qui lui valut la touchante lettre de remercîments que voici :

« Versailles, 4 juillet 1875.

Monsieur,

» Je viens· vous témoigner toute ma reconnaissance de la somme de 5861 francs 50 centimes que vous avez bien voulu m'adresser en faveur des inondés du Midi. Je sais que cet argent est le produit d'une représentation donnée à votre bénéfice, et je tiens à vous dire à quel point je suis touchée de l'abandon que vous en avez fait et de la manière si généreuse dont vous vous associez ainsi à la souscription.

» Recevez, Monsieur, tous mes remerciments et mes compliments empressés,

» Maréchale DE MAC-MAHON. »

De beaux vers furent déclamés dans quelques-unes de ces représentations. Voici un extrait de la pièce que donna pour cette circonstance à la Comédie-Française M. Henri de Bornier, l'auteur applaudi de la *Fille de Charlemagne*; il y dépeint admirablement les horreurs de l'inondation :

. . . .
Mais l'inondation, la vague furieuse,
L'eau qui tombe du ciel et des glaciers géants,
Qui croît et qui décroît, toujours mystérieuse,
Et qui se perd sans nom aux brumeux océans.

. . . .
L'homme ne peut que fuir dans sa morne épouvante ;
Mais le flot plus actif le harcèle et le suit,
Et de toutes parts l'onde, implacable et vivante,
Assiége les maisons qui croulent dans la nuit !
Plus d'asile et d'espoir ! Le fléau fait son œuvre,
Le noir démon des eaux frappe tout sans remords ;
Il saisit la cité dans ses plis de couleuvre,
L'étouffe et disparaît... et mille hommes sont morts !

. . . .
Ils se sont bien battus, nos soldats héroïques,
Dans cette autre bataille où rien ne les défend,
J'ai vu leurs chefs courir, désarmés et stoïques,
Et mourir en héros pour sauver un enfant !

CHAPITRE IV.

Moyens de mettre les villes à l'abri des inondations. — Moyens proposés pour prévenir les inondations.

Maintenant que le danger est passé et le désastre réparé, en partie du moins, faut-il se croiser les bras et baisser la tête devant ces forces terribles de la nature, qui viennent, à un moment donné, renverser tous les ouvrages de l'homme et l'emporter lui-même avec eux?

Ne vaut-il pas mieux aviser aux moyens d'atténuer l'effet désastreux du fléau, ou même, si c'est possible, l'empêcher de reparaître? Depuis la création, l'humanité est aux prises avec les forces aveugles de la nature. Chaque conquête qu'elle fait sur elles est un pas de plus dans le progrès de la civilisation, une amélioration qu'elle apporte à sa propre destinée. Il faut donc lutter, lutter sans cesse contre ces agents de destruction.

Divers moyens ont été proposés soit pour retenir les eaux sur les montagnes, soit pour construire des digues qui mettent les villes à l'abri. Nous les examinerons successivement.

Le remède qui consiste à prévenir l'inondation serait le plus efficace, et il mérite avant tout d'arrêter notre attention. L'essentiel, en effet, serait de retarder l'écoulement des eaux en élevant, sur les plateaux des montagnes, des barrages qui arrêtent les eaux quand leur volume augmente, et de former ainsi, en amont, des réservoirs qui ne se vident que lentement.

Cette question a été sérieusement traitée par un géographe de talent, M. Valon, dans une lettre écrite à M. Moquin-Tandon, directeur de la *Revue illustrée dans les deux mondes*, et publiée par ce recueil dans son numéro 50, le 5 novembre dernier.

Chacun sait que les crues subites des grands fleuves proviennent de l'eau qui tombe dans les montagnes et très-peu de l'eau tombée dans les plaines. La raison en est facile à comprendre. Quand la pluie tombe dans une plaine, la terre sert pour ainsi dire d'éponge ; l'eau, avant d'arriver au fleuve, doit traverser une vaste étendue de terrains perméables, et leur faible pente retarde son écoulement. Mais lorsque, indépendamment de la fonte des neiges, le même fait se présente dans les montagnes, où le terrain, la plupart du temps composé de rochers nus ou de graviers, ne retient pas l'eau ; alors la rapidité des pentes porte toutes les eaux tombées aux rivières, dont le niveau s'élève rapidement.

Un ingénieur bien connu du monde savant, et dont les lecteurs du *Trésor* ont pu voir le projet de tunnel sous la Manche, destiné à relier la France à l'Angleterre, M. Thomé de Gamond, a publié, il y a quelques années, un mémoire excellent sur ce sujet. Nos récents malheurs donnent à ce travail une actualité d'autant plus grande qu'il est démontré aujourd'hui, même aux plus ignorants, que les inondations ne sont que le résultat naturel du désordre dans lequel nous laissons le régime de nos eaux courantes.

Ce n'est pas une petite entreprise, il est vrai, que de maîtriser la force immense qui entraîne vers la mer 180 milliards de mètres cubes d'eau, sur un parcours de 130 kilomètres, avec une pente moyenne de 1 mètre 25 par kilomètre. Pourtant, si nous en croyons M. Thomé de Gamond, cette entreprise n'est pas au-dessus des ressources dont dispose la science. Les moyens dont il recommande l'emploi se réduisent à deux : 1° Établir le long des rivières de nombreux barrages qui retiennent et distribuent les eaux, de manière à ne laisser descendre directement à la mer que la plus petite partie du liquide ; 2° construire de spacieux réservoirs sur les plateaux élevés pour emmagasiner la surabondance des eaux pluviales.

Grâce à ces deux genres de travaux, la pente désordonnée des rivières serait remplacée par une sorte d'escalier hydraulique, et le fléau des inondations serait tout à jamais dompté.

A ceux qui ne croiraient pas possible d'exécuter un travail aussi gigantesque, nous nous contenterons de citer deux faits qui prouvent qu'on en a exécuté de semblables à des époques où l'homme ne disposait pas encore des puissantes ressources que la science moderne lui a placées dans les mains.

Ainsi, au Pérou, les voyageurs qui visitent les Andes peuvent encore voir, au haut des vallées, les restes de constructions qui remontent au règne des Incas et qui étaient destinées à emmagasiner l'eau des glaciers.

En Egypte, il y a plus de cinq mille ans qu'un Pharaon ou roi du pays fit creuser dans la vallée du Nil un lac destiné à retenir les eaux du fleuve et à en régulariser les inondations périodiques.

Ce que les Incas et les pharaons accomplirent dans des siècles barbares, rien qu'avec des esclaves, comment une nation puissante et libre, armée de toutes les forces de la science, renoncerait-elle à l'exécuter à son tour?

On dit, il est vrai, que ces réservoirs, pour être construits d'une manière efficace, ne coûteraient pas moins de 120 à 130 millions, et que les inondations ne causant, une année dans l'autre, qu'une perte de 4 millions, le remède serait pire que le mal. Mais comptez-vous pour rien la vie de tant d'hommes qui périssent dans ces désastres? D'ailleurs, qui empêche de n'établir ces barrages qu'aux endroits où la dépense serait moins forte?

-- Ce qu'il y a de certain, c'est qu'il faut aviser aux moyens les plus prompts de remédier aux malheurs que cause l'inondation, en attendant qu'on ait trouvé celui de l'empêcher tout à fait.

Une bonne précaution que va prendre M. le ministre des travaux publics, c'est d'établir un service spécial d'ingénieurs qui seront chargés de prévoir le danger et d'en informer à temps tous ceux qui y sont intéressés. Nous savons, en effet, que la Garonne, pour accomplir la totalité de son parcours, depuis ses sources jusqu'à son embouchure, met près de quatre jours. Or si, par un fil télégraphique, on avait prévenu les populations de l'importance de la crue, combien de malheurs n'auraient-ils pas été évités? Dès son retour à Paris, après sa visite aux départements inondés, M. le ministre a effectivement nommé une commission d'ingénieurs chargés d'examiner les questions qui se rattachent à la solution d'un tel problème. Espérons que cette mesure portera ses fruits et aboutira sous peu à des résultats pratiques.

Entonnage des poulets à la mécanique.

ENGRAISSEMENT DES POULETS

ENTONNAGE MÉCANIQUE

Nous venons de visiter au Jardin d'acclimatation l'établissement d'engraissement mécanique de M. Odile Martin, et ses procédés nous ont paru si ingénieux et si expéditifs, que nous avons cru devoir en faire ici une mention toute spéciale. Pour mener à bonne fin l'engraissement d'une volaille, on vous dira dans la ferme qu'il suffit de deux choses : du temps et de la nourriture, tout le secret est là. M. Odile Martin a résolu le problème d'une toute autre façon ; il est arrivé par ses procédés à singulièrement abréger le temps normal de l'engraissement et, par suite, à diminuer dans de notables proportions les dépenses de nourriture.

Les volailles sont placées sur de grandes épinettes tournantes qui ont plusieurs étages, chaque étage est formé d'un certain nombre de cases dont chacune donne asile à un poulet ou à un canard. Les volatiles sont fixés par les pattes à l'épinette et y conservent cette quiétude parfaite, cette immobilité complète si favorables, comme chacun sait, à l'engraissement. Les résidus tombent à terre directement, ce qui facilite l'opération du nettoyage. L'alimentation des volailles se compose d'une bouillie formée de lait pur, de farine, de blé, de maïs et de foin, ce qui constitue une nourriture tout à la fois très-saine et très-substantielle.

S'agit-il de donner la nourriture aux poulets? L'opérateur s'installe sur une sorte de treuil qu'il fait monter et descendre à volonté, selon qu'il veut atteindre tel ou tel étage de l'épinette. Sur ce treuil est placée une sorte de caisse qui n'est autre chose qu'un corps de pompe, avec piston, et ce corps de pompe renferme la bouillie qui sert à l'alimentation. Une pédale permet, par la simple pression du pied, de faire passer le liquide dans un tube en caoutchouc qui correspond avec le corps de la pompe. Ce tube est terminé par une lancette.

· L'opérateur saisit de la main gauche le cou du poulet, tient de la droite la lancette, qu'il enfonce dans la gorge du volatile, puis, en opérant une légère pression sur la pédale, fait passer une ration de bouillie dans l'estomac du poulet. L'opération est presque instantanée et le poulet semble n'en avoir même pas conscience, car ce procédé lui enlève, on le comprend, tout le plaisir de la dégustation. Pour régulariser l'opération, un cadran, qui communique avec le corps de la pompe, est placé sous les yeux de l'opérateur ; il lui indique la pression qu'il vient d'exercer avec le pied, et la quantité de centilitres qui s'échappent de la lancette et qu'ingurgite le poulet. Les volailles, de cette façon, sont nourries mécaniquement, automatiquement, mathématiquement.

En dix-huit jours, M. Martin, avec ses appareils, transforme un poulet maigre en une grasse volaille, et ses poulets du Phénix ont déjà une réputation européenne, tant la chair en est fondante et délicate.

Mais ces grandes gaveuses ne sont point pratiques pour la ferme, elles ne peuvent rendre de services réels qu'à ceux qui font métier d'engraisser. M. Odile Martin l'a parfaitement compris, aussi expose-t-il en ce moment de plus petits appareils, dont l'emploi commence à se répandre dans nos grandes fermes. Les petits appareils, selon leur grandeur, peuvent nourrir douze, trente, soixante poulets, ce qui permet aux fermiers d'essayer, sur une petite échelle d'abord, un procédé qui se recommande à eux tout particulièrement par sa simplicité et sa grande économie.

LE PHYLLOXERA

ET

L'ACCLIMATATION DES CÉPAGES

AMÉRICAINS

Avons-nous besoin d'apprendre à nos lecteurs ce que c'est que le phylloxera de la vigne? Chacun d'eux, en entendant prononcer ce mot redoutable, sait très-bien qu'il s'agit d'un insecte, assez semblable aux pucerons et à la cochenille, qui se reproduit par des œufs avec une effrayante rapidité et dévore, en se propageant, non-seulement les feuilles et les fruits de la vigne, mais encore les racines et le bois lui-même.

Les femelles de ces insectes, privées d'ailes pour la plupart, restent fixées aux racines de la vigne par leur trompe en suçoir. Il y en a malheureusement un certain nombre qui, pourvues de quatre ailes transparentes, transportent au loin la funeste engeance et l'empêchent de disparaître.

Rien de plus rapide que la propagation de cet insecte destructeur. Il y a dix ans à peine qu'il apparut en France, à Roquemaure, d'où il s'étendit en quelques mois sur plusieurs localités des Bouches-du-Rhône et de Vaucluse, et ces deux départements furent, en deux années, totalement envahis.

En 1869, le phylloxera avait concentré ses ravages dans une bande de terre qui comprenait le pays situé à la gauche du Rhône, vers son embouchure jusqu'à la ligne formée par les Martigues, Pertuis, Carpentras et Nyons. Sur la rive droite, il n'y avait guère d'atteint que le petit coin qui va d'Avignon à Nîmes. En remontant le fleuve, on ne trouvait plus de vignes malades à partir de Montélimart.

En 1873, la contagion s'était étendue de chaque côté du fleuve, à gauche jusqu'au delà de Toulon, à Brignolles, Montagnac, Reillane, à droite jusqu'à Montpellier, Amiane et le Vigan. De plus, la maladie s'était avancée aussi vers le nord et se montrait déjà aux abords de Saint-Marcellin. A partir de 1874, elle dépassait Lyon et atteignait Genève. Pendant ce temps, elle avait fait son apparition dans le Médoc, et des ravages incalculables dans les vignobles de la Charente.

Que de remèdes on a proposés contre ce fléau destructeur! Savants et ignorants, tout le monde a voulu donner sa recette. Mais quoique le gouvernement ait offert une somme considérable à celui qui trouverait un moyen infaillible de nous débarrasser de cette plaie, je n'ai pas ouï dire que jusqu'ici quelqu'un ait gagné cet argent.

Faut-il renoncer à l'espoir de voir disparaître l'insecte ravageur ou bien attendre, sans rien faire, que Dieu nous en délivre? Non certes, et nous approuvons vivement l'idée que l'on a eue d'établir dans le Midi un champ d'expériences pour mettre à l'épreuve les remèdes qui seront proposés. Un des membres correspondants du Conseil de la Société d'encouragement, M. Henri Marès, en a la direction. Sous sa surveillance, tous les procédés qui peuvent présenter quelque chance de succès sont essayés avec un ordre et une méthode qui présentent les plus sérieuses garanties.

Un membre de l'Académie des sciences, M. Balard, que l'on a envoyé pour s'assurer de l'amélioration produite par l'emploi des engrais, a constaté que la même vigne, qui n'avait que des sarments chétifs et rabougris avant le traitement, était au bout d'un an ornée de pousses vigoureuses dues à l'action du remède employé.

Tout le monde sait les excellents résultats obtenus par les

viticulteurs qui ont pu inonder leurs vignes pendant un certain temps; mais, outre que ce moyen n'est pas à la portée
de ceuxqui ont leurs vignobles sur les hauteurs, il a encore
l'inconvénient de pourrir les racines de la plante et, par conséquent, d'amener sa destruction en peu de temps.

Il a donc fallu recourir à l'emploi des toxiques. Parmi tous
ceux qui ont été indiqués, nous ne mentionnerons que les
deux qui nous paraissent mériter confiance.

Le premier a été proposé par M. Charles Guelard, de Châ-
lons-sur-Marne; c'est la grande absinthe qui sert déjà à dé-
truire les pucerons et les fourmis. « Une infusion à chaud de
cette plante, dit M. Guelard, venant à imprégner les racines
et la vigne atteinte, aurait peut-être chance de la débarrasser de ses ennemis. » Mais il serait bon que de nombreuses
expériences eussent été faites pour démontrer l'efficacité de
ce remède.

Le second moyen de tuer le phylloxera nous est recom-
mandé par un éminent chimiste, M. Dumas, qui, le 8 juin
1874, à la séance de l'Académie des sciences, a fait connaître
les vertus du sulfo-carbonate de potasse, magnifique sel, très-
facile à dissoudre et dont la solution peut facilement être
répandue sur les champs, puisqu'il n'est pas vénéneux et
qu'il ne répand aucune mauvaise odeur.

En se décomposant, ce sel dégage, au fur et à mesure de
son altération, de l'hydrogène sulfuré et du sulfure de car-
bone, qui sont les deux corps les plus antiphylloxériques connus. Un dernier avantage de l'emploi de ce sel, c'est qu'il
forme un sel de potasse dont la vigne se nourrit volontiers
et fait ses choux gras, comme on dit vulgairement.

L'autorité dont jouit M. Dumas en tout ce qui regarde les
sciences nous fait accorder créance au remède qu'il pa-
tronne, et nous en recommandons l'emploi aux viticulteurs.

Mais nous avons à leur faire connaître un autre moyen de
mettre leurs vignes à l'abri du fléau, moyen qui ne s'adresse,
il est vrai, qu'aux contrées déjà dévastées; mais elles sont si
nombreuses, que nous croyons rendre un véritable service en

le propageant. Ce moyen nous est fourni par M. Planchon, membre correspondant de l'Institut, qui est allé observer la maladie en Amérique, où elle a pris naissance. Il consiste tout bonnement à remplacer nos plants dégénérés, qui offrent au fléau une proie facile, par les cépages américains, dont la constitution est plus vigoureuse et qui ne se laissent pas entamer par ce ver de malheur.

Il suffit de jeter un coup d'œil sur notre gravure pour juger de la force et de la beauté des raisins produits par les vignes d'Amérique. Nous laissons aux agriculteurs le soin de choisir les cépages qui conviendront le mieux à leurs terrains, et nous nous contentons de transcrire ici à leur usage ce que dit M. Planchon de l'utilité du pincement.

« Supposons un seul sarment de l'année précédente, dressé verticalement contre un treillis à montants en bois et à fils de fer transversaux. Les pousses latérales de ce sarment sont au nombre de quatre à six ; les deux plus basses taillées sur deux yeux, les autres sur quatre à six yeux. Dans le courant de l'été nous devons traiter diversement les pousses nouvelles qui vont sortir de ces yeux ; commençons, par exemple, par celles des sarments latéraux taillés à deux yeux. Les deux pousses que produisent ces deux yeux ont deux destinations différentes : de l'une, nous voulons faire la branche à fruit de l'année prochaine ; nous la laissons donc pousser d'abord librement, sauf à l'attacher, si sa position le permet, au fil de fer inférieur. Si sa vigueur est trop grande, nous la pincerons vers son extrémité, mais seulement après que les raisins auront noué. La seconde pousse est destinée à porter fruit cette année même et à être taillée court l'hiver prochain, pour donner la branche à bois de l'année suivante. Dès qu'elle a environ $0^m,18$ à $0^m,25$ de longueur et que les boutons à grappes sont bien visibles, on les pince au-dessus du deuxième ou du troisième raisin.

L'opération a pour but de faire refluer vers les grappes et les parties conservées de la vigne la séve qui se perdrait en se dirigeant vers le bout feuillé du sarment.

C. NICOLET

RAISIN AMÉRICAIN

IVANOF

LÉGENDE SLAVE

Dans un village vivaient jadis un vieillard, sa femme et leur fils unique Ivanof ; le ménage était très-pauvre. Le fils devenu grand, la femme dit un jour au mari :

— Il est temps de songer à marier notre fils.

— Eh bien, va lui chercher une femme, dit le mari.

Alors elle alla chez le voisin et lui demanda pour son fils la main de sa fille ; le voisin refusa. Elle se présenta chez un autre qui lui refusa aussi, le troisième lui montra tout simplement la porte. Elle fit le tour du village, partout même insuccès. Alors elle revint à la maison et s'écria :

— Ah, mon vieux, notre gars n'a pas de chance.

— Comment cela ?

— J'ai visité chaque maison, mais personne n'a voulu me donner sa fille.

— Mauvaise affaire ! dit le vieillard. L'été va bientôt venir, et nous n'aurons personne pour nous aider à travailler. Va au village voisin, ma vieille ; peut-être en ramèneras-tu une fiancée.

La vieille alla au village voisin, visita chaque maison, de la première à la dernière, mais partout où elle s'introduisit, on la rebuta. Comme elle avait quitté la maison, elle y revint.

—Ah ! dit-elle, personne ne se soucie de s'allier à nous, pauvres mendiants.

— S'il en est ainsi, répliqua le vieillard, à quoi nous servirait de rester sur nos jambes ? Grimpons sur le poêle et allons nous coucher.

Le fils fut bien affligé et dit à ses parents :

— Père qui m'as donné le jour, mère qui m'as donné le jour, donnez-moi votre bénédiction, j'irai moi-même chercher ma destinée.

— Mais où iras-tu?

— J'irai où mes yeux me conduiront.

Ils bénirent leur fils et le laissèrent aller où bon lui semblerait.

Alors le jeune homme alla sur le grand chemin, versa des larmes amères, et se dit à lui-même en marchant : .

— Suis-je donc venu au monde plus mal bâti que les autres, que pas une fille ne veut m'épouser? Quand le diable lui-même me donnerait une épouse, je la prendrais.

Aussitôt, comme s'il sortait de terre, apparut devant lui un vieillard.

— Bonjour, jeune homme !

— Bonjour, vieillard !

— Que disais-tu donc là?

Le jeune homme eut peur et ne savait que répondre.

— N'aie pas peur de moi, je ne veux te faire aucun mal, et je puis peut-être te tirer d'embarras. Parle hardiment.

Le jeune homme lui raconta ce qui s'était passé:

— Pauvre créature que je suis ! Il n'y a pas une seule fille qui veuille m'épouser. Alors, comme je suivais mon chemin, dans l'excès de mon chagrin et de mon malheur, je me suis écrié :

— Si le diable m'offrait une épouse, je la prendrais !

Le vieillard se mit à rire et dit:

— Suis-moi, je te choisirai une charmante épouse.

Bientôt ils arrivèrent au bord d'un grand lac.

— Tourne le dos au lac et marche en arrière, dit le vieillard.

A peine le jeune homme eut-il le temps de se retourner et de faire deux pas qu'il se trouva sous l'eau et dans un palais bâti de pierres blanches. Toutes les chambres étaient magnifiquement meublées et somptueusement décorées. Le vieillard donna à boire et à manger à son hôte. Ensuite il fit entrer douze jeunes personnes plus belles les unes que les autres.

— Choisis qui tu voudras ; celle que tu prendras, je te la donne.

— Voilà une charmante aventure, dit le jeune homme. Donne-moi jusqu'à demain, grand-père.

— Soit, prends le temps de la réflexion, dit le vieillard. Et il conduisit son hôte à sa chambre. Le jeune homme se mit au lit et pensa.

— Qui puis-je bien choisir ?

Soudain la porte s'ouvrit, une belle jeune fille entra.

— Es-tu endormi ou réveillé, bon jeune homme, dit-elle ?

— Ah ! belle jeune fille, je ne puis dormir, car je pense toujours à la fiancée que je dois choisir.

— C'est pour cela précisément que je viens te trouver et t'offrir un conseil. Tu sais, bon jeune homme, que tu es devenu l'hôte du diable. Maintenant, écoute : Si tu veux retourner vivant dans le monde blanc, fais ce que je te dis ; mais si tu ne suis pas mes instructions, tu ne sortiras pas d'ici vivant.

— Dis-moi ce que je dois faire, belle jeune fille ; je ne l'oublierai de ma vie.

— Demain le démon t'amènera les douze jeunes filles. Toutes se ressemblent absolument ; mais regarde-moi bien et choisis-moi. Au-dessus de mon œil droit se posera une mouche ; ce sera un guide certain pour toi.

Alors la belle fille continua à lui raconter qui elle était et à lui faire l'histoire de sa vie :

« Connais-tu le pope de tel village ? dit-elle, je suis sa fille, qui a disparu de la maison à l'âge de neuf ans ! Un jour, mon père se mit en colère contre moi, et dans sa colère il s'écria :

« Que le diable t'emporte !

« Je sortis du perron et me mis à crier. Tout à coup les démons m'enlevèrent et m'emmenèrent ici, et depuis je demeure avec eux. »

Le lendemain matin, le vieillard amena les douze belles filles, toutes semblables les unes aux autres, et ordonna au jeune homme de choisir une épouse. Après les avoir attentivement considérées, il indiqua celle sur l'œil droit de laquelle était posée une mouche. Le vieillard parut contrarié de ce choix : alors il changea de place les jeunes filles et dit au jeune homme de faire un nouveau choix.

Le jeune homme désigna encore la même fille. Le diable l'obligea à choisir une troisième fois : il désigna encore la même fiancée.

— Eh bien, tu es en veine ; emmène-là chez toi, dit le diable.

Aussitôt le jeune homme et la belle fille se trouvèrent au bord du lac ; mais ils eurent bien soin de marcher à reculons jusqu'à ce qu'ils fussent parvenus au chemin sur la colline. Alors les diables coururent après eux et les poursuivirent avec ardeur.

— Rattrapons notre fille, crièrent-ils.

Ils cherchaient sur le sol l'empreinte des pas fugitifs ; mais loin de s'éloigner du lac, toutes les traces y ramenaient. Ils coururent de côté et d'autre et cherchèrent partout, mais ils durent revenir sans avoir rien trouvé.

Alors le bon jeune homme emmena sa fiancée à son village ; il s'arrêta devant la maison du pope. Celui-ci, apercevant le voyageur, envoya vers eux son clerc en disant : Va savoir qui sont ces gens.

— Nous sommes des voyageurs, répondirent-ils ; laissez-nous passer la nuit dans votre maison.

— J'ai des marchands en visite, dit le pope ; d'ailleurs, je ne puis vous loger ; je n'ai qu'une toute petite chambre.

— Que dites-vous là, père ? fit un des marchands. C'est un devoir sacré d'accueillir un voyageur ; il faut leur donner l'hospitalité ; ils ne nous gêneront pas du tout.

— Très-bien ! Qu'ils entrent donc.

Alors ils entrèrent, échangèrent les compliments d'usage et allèrent s'asseoir sur un banc dans un coin.

— Ne me reconnaissez-vous pas, père? demanda la belle fille ; ne reconnaissez-vous pas votre enfant?

Alors elle raconta ce qui s'était passé. Aussitôt son père lui ouvrit les bras, et tous deux s'embrassèrent et répandirent des larmes de joie.

— Et qui est cet homme, dit le pope?

— C'est mon fiancé, répondit la fille. Il m'a ramenée dans le monde blanc. Sans lui je serais restée toujours dans les entrailles de la terre.

Puis la belle fille tira son paquet et en sortit des plats d'or et d'argent. Elle les avait dérobés au diable.

Le marchand les examina et dit :

— Eh ! mais ce sont mes plats ? Un jour je me réjouissais avec mes hôtes et m'étant enivré je me fâchai avec ma femme : » Que le diable t'emporte ! » m'écriai-je en commençant à jeter tout ce qui se trouvait sous ma main. A ce moment mes plats disparurent.

C'était bien, en effet, ce qui était arrivé. A peine le marchand eut-il prononcé le nom du diable, que le démon apparut au seuil de la porte, s'empara des plats d'or et d'argent, et ne laissa à la place que de la vaisselle d'argile.

C'est ainsi que le jeune homme rencontra une épouse aussi distinguée.

Et quand il l'eut épousée il revint chez ses parents.

Quelle ne fut pas leur joie de le retrouver ! On le croyait déjà perdu pour toujours.

Son retour fut fêté par tout le village, et les Sages de l'endroit décidèrent qu'à l'avenir on ne dirait plus, même en plaisantant : Que le diable t'emporte !

UN PHÉNOMÈNE

L'HOMME A LA GRANDE BARBE

Notre gravure représente, d'après une de ses photographies, un Russe qui exhibe en ce moment, à Saint-Pétersbourg, la plus belle barbe que la nature ait jamais mise au menton d'un homme. Ce développement extraordinaire du poil du visage n'est pas sans précédents. Bien des artistes de nos jours ont vu le peintre viennois Jean Mayo, qui avait une barbe si longue qu'elle lui descendait aux chevilles. Mais on ne connaissait point d'exemple d'une barbe mesurant 2 mètres 30 centimètres de long. C'est celle du Russe dont nous parlons.

Si, comme on l'annonce, ce nouveau phénomène vient se montrer dans les principales villes de l'Europe, nul doute qu'il n'excite la plus grande curiosité et n'efface la réputation des autres individus qui se partagent l'attention publique. L'homme-chien n'a qu'à se bien tenir.

Un Phénomène.

Le *Zenith*, lever de soleil, 5 heures 10 minutes.

UN DRAME EN BALLON

ASCENSION DU ZÉNITH

I. — LE DÉPART

Quelle est donc cette force invisible qui poussait les aéronautes du *Zénith* à entreprendre ces ascensions périlleuses ?
Quelle est cette force irrésistible qui faisait naître en eux, à
mesure qu'ils s'élevaient dans les régions de plus en plus
hautes, la volonté toujours plus ferme, toujours grandissante
en face des premières atteintes de la mort, de monter, monter
encore, monter toujours ? Quelle est donc cette force, si ce
n'est ce besoin qui est au fond de toute nature d'élite, de
pénétrer la vie éternelle. Exilés sur cette terre trop petite
pour leur âme ardente, ils voulaient interroger l'Espace pour
savoir d'où nous venons, ce que nous sommes, où nous
allons !

Le jeudi 15 avril, à onze heures trente-cinq, le *Zénith*
s'élevait de l'usine à gaz de la Villette, portant à son bord
trois savants aéronautes, MM. Sivel, Crocé-Spinelli et Gaston
Tissandier. Les hardis aéronautes emportaient avec eux des
ballonnets remplis de gaz oxygène, afin de suppléer, par le
moyen de la respiration artificielle, à l'insuffisance de l'oxygène contenu dans l'air de ces hautes régions.

Le départ de l'usine de la Villette eut lieu dans les meilleures conditions. Le ballon s'enleva rapidement dans les airs, prenant la direction de l'ouest.

Les aéronautes étaient tout joyeux ; l'air était pur ; ils ressentaient plus de facilité dans la respiration, plus de légèreté dans le corps, plus de sérénité dans l'esprit. Il semblait qu'en s'élevant au-dessus du séjour des hommes, ils laissaient loin derrière eux les petites passions dont on ne sent le poids que dans les régions inférieures.

Le lendemain, 16 avril, le bruit se répandait tout à coup qu'un drame terrible s'était passé dans les airs. La Société de navigation aérienne recevait la dépêche suivante, qui apportait la douloureuse nouvelle :

« Le Blanc (Indre), 16 avril, 12 h.08, soir.

» Avons dépassé, à une heure, l'altitude de 8000 mètres et sommes tombés dans un état d'anéantissement complet.

» Soleil très-chaud.

» Je me suis réveillé un moment et j'ai vu que le ballon descendait, que Crocé jetait aspirateur ; puis je me suis évanoui encore, et, à trois heures, j'ai ouvert les yeux à 6000 mètres.

» Sivel et Crocé avaient la figure noire, la bouche pleine de sang. Ils étaient morts.

» Descente a eu lieu à quatre heures, à Ciron (Indre). Suppose que dans deuxième ascension avons atteint encore altitude considérable.

» Signé GASTON TISSANDIER. »

Le lendemain, M. Tissandier, redevenu maître de lui-même, adressait au président de la même Société la lettre suivante, où il donnait les explications que son esprit, encore bouleversé par ce terrible événement, lui avait permis de coordonner.

« Ciron (Indre), 16 avril.

» Cher monsieur,

» Un télégramme envoyé par voie officielle vous a appris l'épouvantable malheur qui nous a frappés. Sivel et Crocé-

Spinelli ne sont plus; l'apoplexie les a saisis dans les hautes régions de l'air que nous avons atteintes.

» Je vous dirai ce que je peux savoir de ce drame, car, pendant deux heures consécutives, je me suis trouvé dans un état d'anéantissement complet.

» L'ascension de l'usine à gaz de la Villette s'est bien accomplie; à une heure de l'après-midi, nous étions à plus de 5000 mètres (pression 400), nous avions fait passer l'air dans les tubes à potasse, tâté nos pulsations, mesuré la température intérieure du ballon, qui était de 20°, tandis que l'air extérieur était de — 5°. Sivel avait arrimé la nacelle, Crocé s'était servi de son spectroscope. Nous nous sentions tout joyeux.

» Sivel jette du lest; bientôt nous montons, tout en respirant de l'oxygène, qui produit un effet excellent.

» A 1 heure 20, le baromètre marque 320, nous sommes à l'altitude de 7000; la température est de — 10°. Sivel et Crocé sont pâles et je me sens faible. Je respire de l'oxygène qui me ranime un peu. Nous montons encore.

» Sivel se tourne vers moi et me dit : « Nous avons beaucoup de lest, faut-il en jeter? »

» Je lui réponds : « Faites ce que vous voudrez. » Il se tourne vers Crocé et lui fait la même question. Crocé baisse la tête avec signe d'affirmation très-énergique.

» Il y avait dans la nacelle au moins cinq sacs de lest ; il y en avait quatre pendant en dehors par des cordelettes.

» Sivel saisit son couteau et coupe successivement trois cordes. Les trois sacs se vident, et nous montons rapidement.

» Je me sens tout à coup si faible, que je ne peux même pas tourner la tête pour regarder mes compagnons, qui, je crois, se sont assis.

» Je veux saisir le tube à oxygène, mais il m'est impossible de lever les bras. Mon esprit était encore très-lucide : j'avais les yeux sur le baromètre, et je vois l'aiguille passer sur le chiffre de la pression 290, puis 280, qu'elle dépasse. Je veux m'écrier : « Nous sommes à 8000 mètres ! » mais ma langue est presque comme paralysée.

» Tout à coup je ferme les yeux et je tombe inerte, perdant absolument le souvenir : il était environ une heure et demie.

» A 2 h. 8 je me réveille un moment ; le ballon descendait rapidement, j'ai pu couper un sac de lest pour arrêter la vitesse, et écrire sur mon registre de bord les lignes suivantes que je recopie :

« Nous descendons. Température — 8°, je jette lest :
« H = 315. Nous descendons, Sivel et Crocé évanouis au
« fond de la nacelle. Descendons très-fort. »

» A peine ai-je écrit ces mots, qu'une sorte de tremblement me saisit, et je retombe évanoui encore une fois. Je ressentais un vent violent qui indiquait une descente très-rapide. Quelques moments après, je me sens secouer par les bras, et je reconnais Crocé qui s'est ranimé : — Jetez du lest, me dit-il, nous descendons. Mais c'est à peine si je puis ouvrir les yeux et je n'ai pas vu si Sivel était réveillé. Je me rappelle que Crocé a détaché l'aspirateur, qu'il a jeté par-dessus bord, et qu'il a jeté du lest, des couvertures, etc.

» Tout cela est souvenir extrêmement confus, qui s'éteint vite, car je retombe dans mon inertie, plus complétement encore qu'auparavant, et il me semble que je m'endors d'un sommeil éternel.

» Que s'est-il passé ? Je suppose que le ballon délesté, imperméable comme il l'était, et très-chaud, a remonté encore une fois dans les hautes régions.

» A 3 heures environ, je rouvre les yeux, je me sens étourdi, affaissé, mais mon esprit se ranime. Le ballon descend avec une vitesse effrayante, la nacelle est balancée avec violence et décrit de grandes oscillations ; je me trouve sur mes genoux et je tire Sivel par le bras ainsi que Crocé.

» Sivel ! Crocé ! m'écriai-je, réveillez-vous !

» Mes deux compagnons étaient accroupis dans la nacelle, la tête cachée sous leurs manteaux. Je rassemble mes forces et j'essaye de les soulever. Sivel avait la figure noire, les yeux ternes, la bouche béante et remplie de sang ; Crocé-Spinelli avait les yeux fermés et la bouche ensanglantée.

Vous dire ce qui se passa alors m'est impossible. Je ressentais un vent effroyable de bas en haut. Nous étions encore à 6000 mètres d'altitude. Il y avait dans la nacelle deux sacs de lest que j'ai jetés. Bientôt la terre se rapproche. Je veux saisir mon couteau pour couper la cordelette de l'ancre, impossible de le retrouver ! J'étais comme fou, et je continuais à appeler : Sivel ! Sivel !

» Par bonheur, j'ai pu mettre la main sur un couteau et détacher l'ancre au moment voulu. Le choc à terre fut d'une violence extrême. Le ballon sembla s'aplatir et je crus qu'il allait rester en place, mais le vent était violent et l'entraîna ; l'ancre ne mordait pas et la nacelle glissait à plat sur les champs. Les corps de mes malheureux amis étaient cahotés çà et là, et je croyais à tout moment qu'ils allaient tomber de la nacelle. Cependant j'ai pu saisir la corde de soupape, et le ballon n'a pas tardé à se vider, puis à s'éventrer contre un arbre. Il était quatre heures.

» En mettant pied à terre, j'ai été saisi d'une surexcitation fébrile violente, et bientôt je me suis affaissé en devenant livide ; j'ai cru que j'allais rejoindre mes amis dans l'autre monde. Cependant je me remis peu à peu.

» J'ai été auprès de mes malheureux compagnons, qui étaient déjà froids et crispés. J'ai fait porter leurs corps à l'abri dans une grange voisine ! Les sanglots m'étouffaient et m'étouffent encore !

» Je suis à Ciron, près le Blanc (Indre), où j'ai trouvé l'hospitalité la plus parfaite.

» J'ai eu la fièvre toute la nuit ; je n'ai pas encore pu manger quoi que ce soit et je suis bien faible.

» Je vous embrasse.   » GASTON TISSANDIER. »

II

Comment un voyage commencé si heureusement s'est-il terminé par une si affreuse catastrophe ? Comment sont morts les deux infortunés ? Comment le troisième a-t-il survécu ?

Il est acquis à la science qu'à mesure qu'on s'élève dans

l'atmosphère, l'air devient moins dense. A 2600 mètres le baromètre descend à 560 millimètres : l'air a perdu un quart de son poids ; à 5500 mètres, le baromètre ne marque plus que 380 millimètres, et la densité de l'atmosphère a diminué de moitié ; à 9500 mètres, elle a diminué des trois quarts. La tension du sang et des liquides de l'organisme restant sensiblement la même, il en résulte une différence entre la pression extérieure de l'air sur le corps humain et la pression intérieure due à la tension des liquides de nos organes, différence qui se traduit par une poussée de dedans en dehors, produisant d'abord le bourdonnement des oreilles, une sorte de gonflement, puis une extravasion de sang dans les tissus sous-cutanés qui bleuit la peau et qui détermine bientôt des hémorrhagies par les muqueuses de la bouche, du nez et des yeux. L'ascension continuant, les phénomènes s'accusent davantage, et l'aéronaute perd successivement la sensibilité et le mouvement de ses jambes, de ses mains, de ses bras, des muscles du tronc, des muscles du cou. La tête s'affaisse, tout l'être tombe dans un profond assoupissement, les yeux se voilent, la volonté fait place à une indifférence complète, l'esprit, qui jusque-là avait gardé toute sa lucidité, s'obscurcit, et bientôt la victime perd toute connaissance.

D'autres causes secondaires d'une grande importance viennent encore ajouter à l'action funeste de la pression.

La température qui décroît rapidement avec la hauteur et qui, à 5000 mètres, s'abaisse parfois jusqu'à 21° et plus au-dessous de zéro, a un retentissement profond sur l'organisme déjà si fortement atteint ; et si l'on fait attention à cette singularité que dans ces espaces si froids la température de tout corps frappé directement par les rayons du soleil est supérieure de plus de 20°, suivant les observations faites par plusieurs aéronautes et en dernier lieu par M. Flammarion, à celle des corps situés à l'ombre, on comprendra facilement quelle perturbation il doit en résulter sur toute personne vivante qui a la tête constamment exposée à l'action des rayons solaires et les pieds glacés dans l'ombre de la nacelle.

DERNIER EPISODE DU ZÉNITH : Les corps de Sivel et de Crocé-Spinelli.

La vapeur d'eau contenue dans l'air et qui constitue son état hygrométrique diminue souvent d'une manière extraordinaire et a pour conséquence une évaporation des plus intenses par les pores de la peau et par les poumons, se traduisant par la sécheresse de la bouche.

Si nous nous reportons maintenant à la lettre de M. Tissandier, qui est le seul document, tout incomplet qu'il soit, qui puisse nous instruire sur le terrible événement, nous serons mieux à même d'en comprendre les péripéties. Nous verrons que les savants aéronautes, partis de l'usine à onze heures trente-cinq, sont arrivés en moins de deux heures à 8000 mètres de hauteur. L'ascension avait donc été très-rapide. C'était donner trop peu de temps à l'organisme pour s'habituer aux nouvelles conditions d'existence de ces hauteurs. On sait de quelle oppression on est accablé lorsqu'on fait l'ascension d'une montagne et, cependant, on est loin de faire 8 kilomètres en deux heures.

A ce moment, M. Tissandier gît inerte dans la nacelle et le ballon continue à monter. A quelle hauteur est-il arrivé ? Le chiffre ne nous est pas connu. Mais, ce qui ressort de la lettre de M. Tissandier, c'est qu'à deux heures huit minutes, le ballon descendait et qu'il a vu MM. Sivel et Crocé évanouis au fond de la nacelle. Ces deux aéronautes avaient éprouvé, un peu plus tard que leur compagnon, les mêmes effets et avaient été envahis par l'asphyxie plus rapidement, alors que ce dernier était soustrait à l'influence meurtrière extérieure par son état de syncope.

Lorsque, quelques moments après, le ballon continuant à descendre, M. Crocé-Spinelli s'est réveillé et qu'il a jeté par-dessus bord le poids de 40 kilogrammes de l'aspirateur, le ballon est remonté à une grande altitude, qui eut pour effet d'exposer de nouveau M. Crocé à l'asphyxie qui devait être mortelle ; et lorsque, à trois heures quinze minutes environ, M. Tissandier se réveilla à une hauteur de 6000 mètres, ses deux compagnons avaient cessé de vivre.

D'après le tempérament des trois aéronautes, on peut con-

clure que M. Sivel, qui devait avoir le plus petit nombre de
pulsations à la minute, a dû résister le dernier à l'engourdissement, et que M. G. Tissandier, dont le pouls était plus rapide, devait être le premier à se sentir anéanti et à s'évanouir.

Et si l'on remarque combien les accidents auxquels l'organisme humain est exposé, diffèrent de gravité suivant que
l'asphyxie est lente ou rapide, on comprend que M. Sivel
ayant résisté plus longtemps, la syncope ait été plus longue,
plus complète, et partant les désordres causés à l'intérieur
plus graves, plus irrémédiables. Chez M. Tissandier, au contraire, perdant connaissance dans un milieu relativement
plus chargé d'oxygène, l'asphyxie fut moins profonde ; la vie
n'abandonna pas ses organes plongés dans une sorte de
torpeur, elle y resta pour ainsi dire à l'état latent, prête à se
manifester de nouveau dans sa plénitude, aussitôt que les
conditions de la pression et de la température de l'air re-
deviendraient normales.

La syncope de M. G. Tissandier eut encore le salutaire effet
de le soustraire à l'influence meurtrière de l'atmosphère, dans
ces régions encore plus hautes où le ballon continua à s'élever,
jusqu'à ce que la pression venant à diminuer dans le gaz qu'il
contenait, il redescendit dans les couches inférieures et plus
compatibles avec le libre jeu des fonctions vitales.

En résumé, la fin tragique de ces hardis explorateurs doit
être rapportée à une apoplexie générale, causée par la dimi-
nution de pression atmosphérique, favorisée par la fai-
blesse due au manque d'oxygène et augmentée par la sécheresse de l'air et la basse température.

Ils ont succombé à une sorte de *mal des montagnes* poussé à
ses limites extrêmes, dont l'hémorrhagie pulmonaire qui les
a atteints tous les deux est un des symptômes habituels.

Cette lamentable catastrophe doit servir d'enseignement
aux nombreux aéronautes qui se proposent déjà de s'élever
de nouveau dans les hautes régions de l'atmosphère. Ils
devront s'organiser de manière à établir peu à peu et graduel-
lement l'équilibre entre la tension des liquides de l'organisme

et celle de l'atmosphère variable avec l'altitude, ou chercher plutôt, au moyen d'une sorte de scaphandre ou de chambre à parois résistantes contenant de l'air respirable sans cesse renouvelé, à une pression suffisante, à se maintenir dans les conditions physiques indispensables à la vie.

Ils pourront ainsi courir à la conquête d'un monde nouveau, et rapporter en trophée des données précises sur la constitution de l'atmosphère, d'où découleront peut-être des notions exactes sur la connaissance des espaces célestes.

Mais qu'ils n'oublient pas qu'il n'est permis à l'homme de dompter la nature qu'en obéissant d'abord à ses lois.

CONSERVATION DU BEURRE FRAIS

Par chaque kilogramme de beurre prenez :

            15 grammes sucre.
            15   —   salpêtre.
            30   —   sel blanc fin.

Réduisez le tout en poudre, mélangez, et incorporez intimement avec le kilogr. de beurre.

Après quinze jours de repos, le beurre a acquis une saveur agréable, et il se conserve indéfiniment, tenu dans un endroit sec et aussi froid que possible.

CONSERVATION DU BEURRE FONDU

Après avoir fondu, écumé et épuré le beurre, ajoutez 60 gr. de miel par kilogramme de beurre ; opérez avec soin le mélange de ces deux substances, et empotez.

La durée de conservation est indéfinie.

CONSERVATION DU BEURRE SALÉ

Il faut d'abord pétrir le beurre dans l'eau avec les mains, pour le débarrasser de toutes ses parties caséeuses et du petit lait qu'il renferme, et qui seraient des causes d'altération.

La seconde opération consiste à prendre le beurre par kilogrammes, auxquels on incorpore 80 grammes de sel blanc fin, en battant la masse avec un gros bâton rond et court.

On mélange ensuite toutes les masses, que l'on a préparées séparément, et on met le tout dans des pots de grès non vernissés, en tassant bien avec un pilon, de manière à éviter qu'il reste des bulles d'air.

Le beurre ainsi préparé peut se conserver une année.

Pour le dessaler, quand on en fait usage, on en prend une portion que l'on malaxe avec une fourchette, avec beaucoup d'eau.

LES VERTUS DU BORAX

Le borax est un sel neutre qui n'endommage ni les tissus fins de lin ou de coton, ni les mains qui l'emploient, pour remplacer le carbonate de soude dans le blanchissage des dentelles, broderies, batistes et autres lingeries fines.

Dans l'eau de toilette il remplace avantageusement.le savon; il adoucit la peau au lieu de l'irriter.

C'est la meilleure substance pour nettoyer les cheveux.

C'est, en même temps, le dentifrice le moins nuisible.

Pour faire le thé, une petite cuillerée de borax en poudre, par litre d'eau bouillante, enlève à la boisson toute son acreté.

C'est un insecticide parfait pour la destruction des grillons, blattes, etc., en ce sens que l'odeur ou le contact du borax fait fuir au loin toutes ces petites bêtes.

Il neutralise la fermentation dans les liquides où il y a de la levûre, de la synoptase, de la diastase ou de la myrrhosine.

12 grammes de borax raffiné en poudre ajoutés à un litre de lait, le conserve doux pendant cent vingt heures, tandis que le lait non additionné de borax devient tout à fait aigre en trente-six heures.

Il conserve très-bien les bières pendant les plus fortes chaleurs.

UNE CONQUÊTE DE L'INDUSTRIE

UTILISATION DES PEAUX DE SERPENTS

Nous connaissons depuis longtemps les bottes faites en peau de crocodile, mais voici qu'hier nous venons de découvrir à une vitrine parisienne la chaussure en véritable peau de boa. C'est là assurément un article d'acclimatation sur l'intérêt duquel nous n'osons pas trop insister, et auquel d'ailleurs on n'a pas encore songé, que nous sachions. On avait pu croire jusqu'à présent que le serpent, chez nous, était tout au plus bon à conserver dans de solides cages, sous de chaudes couvertures, pour la plus grande récréation du public de nos jardins zoologiques. Erreur ! le serpent, paraît-il (certaines espèces du moins), fournit d'excellent cuir qui fait de merveilleuses chaussures ; les journaux de Boston racontent qu'une maison de cette ville a tanné l'an dernier cinquante peaux de boa à l'usage des cordonniers. Les plus grandes avaient 40 pieds de long. Les procédés de tannage sont les mêmes que pour les peaux d'alligator. Le produit est un cuir parfaitement lisse, souple et très-résistant. Quelle revanche pour les petites-filles d'Ève, que de se chausser de la peau des petits-fils du fameux tentateur de l'Eden !

DES ENTORSES

LEUR TRAITEMENT

Les entorses sont légères ou graves :

Légères, quand le désordre se limite au tiraillement des ligaments de l'articulation ;

Graves, lorsqu'il y a déchirure interne dans les ligaments, et épanchements de sang.

Dans le premier cas, on peut se permettre toutes les pratiques fantaisistes, tous les « remèdes de bonne femme », puisque le repos suffirait seul à amener la guérison.

Dans le second cas, l'appel d'un médecin ou d'un chirurgien est indispensable.

Le moyen qui consiste à plonger pendant une ou plusieurs heures le pied lésé dans l'eau glacée est douloureux, incertain et souvent impraticable pour les femmes et les enfants.

Voici le remède qui donne les meilleurs résultats :

Teinture alcoolique thébaïque. 100 grammes.
Alcoolature d'arnica . . . . . . 100 —
Chloroforme . . . . 20 —

Imbiber de ce topique une compresse pliée en quatre, la poser sur l'endroit le plus douloureux, et l'y maintenir au moyen d'un bandage. Renouveler l'imbibition quand le linge est séché. Tenir la jambe dans une position horizontale.

Sur le boulevard.

— De l'esprit, lui... allons donc!

— Dame, mon cher, on lui en prête beaucoup.

— C'est précisément pour cela qu'il n'en a pas ; est-ce qu'il rend jamais ce qu'on lui prête?

SIVEL. — D'après une photographie de M. Nadar.

CROCÉ-SPINELLI. — D'après une photographie de M. Pierre Petit

7

LE CAPITAINE BOYTON

Tout le monde connaît l'histoire de Héro, cette jeune prê-
tresse qui desservait le temple de Vénus à Abydos et que
Léandre son amant, qui habitait Sestos, allait visiter chaque
nuit en traversant l'Hellespont à la nage. Un flambeau allumé
sur l'une des tours par Héro lui servait de phare. Un jour le
flambeau s'éteignit et le malheureux Léandre fut noyé dans
les flots. Héro, dit l'histoire, ayant trouvé le lendemain
matin sur la plage le corps de son amant, céda à son désespoir et se jeta dans la mer. On avait souvent nié le fait en
s'appuyant sur la difficulté de traverser le détroit, qui n'a
pas moins d'un millier de pas. Lord Byron, suivi d'une barque,
partit du château d'Abydos et bien qu'il ne fût pas soutenu
comme Léandre par la pensée de rejoindre un objet adoré, il
nagea jusqu'à la rive opposée, mais fût entraîné par le courant
à trois milles de l'endroit qu'il voulait atteindre. Léandre, fa-
miliarisé avec les accidents que présente l'Hellespont, savait
sans doute abréger le trajet qui valut à lord Byron plusieurs
jours d'une fièvre intense.

Une entreprise bien plus audacieuse que celle de Léandre
et de lord Byron a été menée à bonne fin il y a quelques
mois à peine, par un capitaine de la marine anglaise, le capitaine Webb. Il s'agissait de traverser à la nage le détroit du

Pas-de-Calais entre Douvres et Boulogne. 25 milles, c'est-à-dire environ huit lieues, séparent les deux ports ; mais les courants marins changeant sans cesse la direction de la route, cet espace peut être porté sans exagération à dix lieues. Deux obstacles insurmontables paraissent rendre l'entreprise impossible : la fatigue et le froid. Il s'agissait pour le capitaine Webb de nager vingt heures durant en pleine mer, et en admettant même que ses forces ne s'épuisassent point par cet exercice prolongé, on avait la presque certitude de voir le froid le saisir et paralyser ses mouvements.

Il n'en fut rien cependant. Telle est la force athlétique du capitaine Webb qu'il put résister pendant plus de vingt heures à ces efforts multipliés, tandis que d'autre part sa peau qui, par une anomalie étrange, se trouve être plus serrée et plus épaisse qu'elle ne l'est d'ordinaire chez l'homme, lui permit de braver les atteintes du froid. Cette entreprise, qu'aucun homme n'avait tentée jusqu'ici et qui ne se renouvellera plus sans doute, témoigne hautement de l'énergie incroyable et de la vigueur exceptionnelle du capitaine Webb Aussi comprenons-nous à merveille l'enthousiasme qui a saisi nos voisins d'Outre-Manche et l'avons-nous partagé nous-mêmes dans une certaine mesure : traverser un espace de dix lieues en mer à la nage, c'est véritablement un fait qui tient du prodige, et encore aujourd'hui que les témoignages humains sont là pour l'attester, nous sommes bien convaincus qu'il court un grand risque d'être nié dans les âges futurs, si le bruit de cet étrange exploit vit aussi longtemps dans la mémoire des hommes que la légende de Léandre et de lord Byron.

Mais enfin le capitaine Webb n'a prouvé qu'une seule chose : c'est qu'il était le plus intrépide, le plus robuste, le plus extraordinaire nageur du monde ; on ne peut tirer de son expérience aucun résultat pratique, il laisse libre carrière à ceux qui voudront l'imiter, sans leur donner cependant la recette à l'aide de laquelle il a pu mener à bonne fin cette entreprise audacieuse.

Avant lui le capitaine Boyton s'était livré à une série d'expériences plus concluantes, il avait démontré la possibilité
de flotter un jour durant comme une bouée dans un scaphandre qui réalise un grand progrès sur tous ceux qui ont été
essayés jusqu'à ce jour, de se diriger même à l'aide de la
pagaye et de traverser ainsi des espaces de quelques lieues.
On comprend immédiatement tout l'intérêt que présente
pour les passagers au moment du naufrage un vêtement de
ce genre, et combien il augmente les chances de secours sur
lesquelles l'homme n'a guère le droit de compter lorsqu'il
est livré à ses propres forces. Tout en rendant cette justice
au capitaine Webb qu'elle n'est qu'un jeu d'enfant auprès de
la sienne, nous nous étendrons plus longuement sur la traversée du capitaine Boyton, parce que les expériences auxquelles s'est livré ce dernier mettent à la portée de tous un moyen
de sauvetage que nous considérons comme excellent, et à ce
titre méritent bien d'être vulgarisées par tous moyens.

Le pilote Méquin avait conseillé au capitaine Boyton de
partir de Douvres à trois heures précises du matin, afin de
ne pas s'exposer aux courants si rapides signalés par tous les
marins sur les côtes de la France dans la soirée.

Le capitaine, en quittant Douvres, avait suivi une ligne
courbe inclinant à l'ouest, avec une vitesse de deux milles à
l'heure; vers six heures, lorsqu'il avait déjà parcouru un
tiers de la distance entre le Foreland et le cap Gris-Nez, il
fut poussé en ligne droite au nord du Ridge, bien connu,
situé au milieu du canal, au nord-ouest du cap Gris-Nez. La
mer était très-agitée à ce moment.

Les 25 milles qui mesurent la distance de Douvres à Calais
ont été parcourus deux fois par le capitaine Boyton, qui a été
obligé de suivre une ligne ayant la forme d'une S. Le capitaine est resté 15 heures sans prendre aucune nourriture, a
fumé trois cigares et a bu quelques verres de brandy. Il lui
avait fallu faire constamment usage de sa pagaye et de sa
voile pour se maintenir dans la direction convenable. Lorsque
la mer devint houleuse et que sa voile ne put lui rendre au-

cun service, il la retira et perdit ainsi un secours précieux. La nuit avançait rapidement, des brumes épaisses couvraient déjà la mer, et le matelot le plus habile aurait hésité à s'aventurer loin des côtes. Les steamers et les barques qui escortaient l'audacieux Américain craignaient de passer sur lui et de l'écraser, et d'un autre côté les feux bleus et les lanternes des vaisseaux étaient insuffisants pour éclairer sa route. Une lumière électrique aurait pu rendre des services inappréciables en cette circonstance, mais il ne s'en trouvait aucune à bord. Il était prouvé d'une manière évidente à tous que l'appareil Boyton n'était pas fait pour lutter contre les vagues, contre les courants, contre les vents, et qu'il ne pouvait guère être appelé qu'à assurer aux naufragés les moyens de flotter au-dessus des vagues.

On discuta toutes ces questions à bord du *Rambler*, l'un des bateaux qui suivaient le capitaine. Puis, lorsque l'on eut constaté que le retour de la marée allait entraîner nécessairement le nageur à l'ouest de Boulogne, où sa vie serait gravement exposée à cause du grand nombre de bâtiments qui fréquentent ces parages, on lui communiqua le résultat de la délibération de toutes les personnes compétentes à bord du *Rambler*. Il se montra mécontent, presque irrité. Il fallut que tous les passagers du *Rambler* se déclarassent satisfaits de son audacieuse tentative. Il se décida alors, mais à grand regret, à monter à bord, à 6 heures 15 minutes. Il était resté dans l'eau 15 heures consécutives sans être épuisé. La température du corps était normale, le pouls tranquille. Une heure et demie après, le *Rambler* entrait au port de Boulogne, et une barque conduisait le capitaine au quai de la Marée, où il fut reçu à 8 heures 15 minutes au milieu des acclamations enthousiastes de plusieurs milliers de spectateurs.

Le docteur Driver, le chirurgien Willis, qui avaient accompagné Boyton, et les docteurs Ovion et Livois, constatèrent qu'il ne ressentait du voyage qu'une légère fatigue. Il prit un bain, se fit envelopper de couvertures chaudes et dormit parfaitement après un repas très-léger.

A son départ de Douvres, son pouls battait 70 pulsations à la minute, et la température de son corps était de 97 degrés Fahrenheit. Lorsqu'il monta à bord du *Rambler*, son pouls ne battait que 10 pulsations de plus, et la température de son corps était de 97 degrés Fahrenheit. Le docteur Driver, qui a étudié avec le plus grand soin l'état du capitaine pendant la traversée, assure qu'il aurait pu rester à l'eau six heures de plus sans aucun inconvénient.

Le capitaine du *Saint-Paul* assure que deux heures auraient suffi à Boyton pour entrer seul dans le port de Boulogne.

Le capitaine Boyton est un homme d'une force peu commune, il a vingt-six ans, sa taille est de 5 pieds 10 pouces.

On cite de lui de nombreux traits de courage. Il a sauvé à lui seul plus de 70 personnes sur les côtes des États-Unis.

L'appareil dont s'est servi le capitaine a été imaginé par un ingénieur hydrographe, M. Merriman, mais il a reçu depuis de nombreuses améliorations.

Il est divisé en deux parties, toutes deux en caoutchouc vulcanisé. La partie supérieure est une tunique dont les manches se terminent par des gants qui font corps avec le vêtement. Le capuchon recouvre la tête tout entière et ne laisse à découvert que les yeux, le nez et la bouche.

La partie inférieure consiste en un pantalon emprisonné dans des bottes. La ceinture est élastique et a cinq pouces de large. Cinq réservoirs sont destinés à recevoir l'air que l'on y insuffle à l'aide de tubes en caoutchouc. Une des chambres couvre entièrement la poitrine, une autre le dos ; une troisième, au-dessus de la tête, est formée par le capuchon.

Les deux autres entourent chaque jambe du pantalon, de la ceinture aux genoux. Cet appareil est assez ample pour pouvoir être ajusté sur toute espèce de vêtements, et lorsqu'il est convenablement gonflé, il permet à celui qui le porte de braver pendant un temps assez long le froid le plus intense.

Le capitaine se servait d'un sac flottant enflé par les mêmes moyens que l'appareil, dans lequel étaient des provisions pour dix jours au moins. Ce sac est retenu à l'appareil par une courroie. Le capitaine Boyton ne se lance jamais à l'eau sans emporter une hache, un marteau, un thermomètre, une boussole, une lunette marine et divers autres instruments.

Les ceintures de sauvetage actuellement en usage soutiennent l'homme sur l'eau, et lui permettent de se servir de ses bras, de ses jambes pour nager, pour se préserver d'un choc contre les rochers, quand il arrive à terre. Dans l'appareil du capitaine Boyton, l'inventeur a pu calculer la répartition des poids, de manière à maintenir l'homme dans une position assez élevée sur l'eau pour lui laisser l'emploi complétement libre de ses bras; c'est grâce à cet équilibre que le capitaine Boyton peut déployer sa voile, se servir de sa pagaye, fumer et prendre quelque nourriture, quand la mer n'est pas trop grosse. On peut donc dire que l'appareil de M. Merriman permet à l'homme de rester dans l'eau aussi longtemps qu'il le voudrait, sans craindre ni refroidissement, ni engourdissement général du corps; il lui laisse en outre la faculté d'avancer, de se diriger, de se livrer à des travaux suivant l'état de la mer. Quelle application pratique peut-on faire de ces deux précieuses propriétés? Pour le moment, nous ne voyons qu'un seul emploi véritablement utile et pratique de cet ingénieux appareil : c'est dans l'œuvre du sauvetage.

RECETTE POUR OBTENIR UN ENDUIT
SUPÉRIEUR AU CIMENT

Étendre successivement sur le mur extérieur ou intérieur deux couches : l'une, d'un mortier composé de blanc de zinc et de colle ; l'autre, de chlorure de chaux et colle.

Une réaction s'opère entre les substances des deux couches : il se forme un oxychlorure de zinc, qui est le meilleur de tous les ciments connus et qui est poli comme de l'émail de faïence.

LE CAPITAINE BOYTON DANS SON APPAREIL.

UNE CURIEUSE INDUSTRIE

Une industrie assez curieuse, est celle des pipes dites en *écume de mer*, dont beaucoup de nos lecteurs ne soupçonnent pas l'origine.

Les principales carrières d'où l'on tire l'*écume de mer* sont celles que l'on rencontre dans l'Asie Mineure à huit heures du chemin sud-est d'Eski-Scher, l'ancienne Dorylée ; elles occupent de nombreux ouvriers. Ce précieux minéral est à 8 ou 10 mètres au-dessous du sol. On a pratiqué de loin en loin des puits qui donnent accès à de longs souterrains dans lesquels travaillent 40 à 50 mineurs. Les pierres d'écume de mer varient beaucoup de volume et de poids. On en trouve qui ont la grosseur d'une noix et d'autres qui ont un pied cube.

On monte les pierres à la surface dans des paniers d'osier que des ouvriers ramènent à eux à l'aide d'un treuil. D'autres ouvriers sont ensuite chargés de nettoyer les blocs d'écume, mais les moyens employés jusqu'ici sont très-longs et très-dispendieux. Lorsque les pierres sont suffisamment purifiées par l'exposition au soleil, ou dans des salles chauffées pour faciliter l'enlèvement de la terre, on les dépose dans des caisses, en ayant la précaution de les séparer les unes des autres avec de la ouate. Chacune de ces caisses pèse ordinairement 45 kilog., et vaut près de 500 francs. La plus grande partie des blocs d'écume de mer est exportée en France, en Allemagne et en Autriche.

L'ASSASSIN BERGÈS

ET SES QUATRE VICTIMES

COUR D'ASSISES DE LA HAUTE-GARONNE
présidée par M. AMILHAU, conseiller à la Cour d'Appel.

I. — EXPOSÉ DE L'AFFAIRE

La Cour d'assises de Toulouse, dans ses audiences du 20 et du 21 août dernier, a eu à juger un de ces criminels redoutables dont les actes épouvantent l'imagination. Bergès, l'accusé qui comparaît devant le jury, a, dans une seule journée, commis quatre assassinats, en plein jour, et sans avoir aucun motif sérieux de haine contre les hommes qui sont tombés sous ses coups. Trois sont morts instantanément; le quatrième, un épicier du nom de Vergnes, atteint à la tête par le plomb meurtrier, en a été quitte pour la perte d'un œil.

On se demande comment ce scélérat a été amené à commettre ces actes épouvantables. Est-il en proie à une hallucination qui lui enlève l'usage de la raison ou bien faut-il voir en lui une de ces bêtes féroces qui se plaisent à verser le sang de leurs semblables? C'est ce que les débats nous feront connaître.

Une foule énorme encombre la salle et le vestibule du Palais-de-Justice. A l'intérieur comme au dehors, cette affaire fait le sujet de toutes les conversations. Les avis sont partagés : les uns croient à la folie de l'accusé, les autres, en plus grand nombre, rejettent la faute sur sa méchanceté.

Des mesures d'ordre sagement combinées ont été prises pour contenir le public et assurer aux débats le calme et la tranquillité nécessaires.

M. l'avocat général Lacointa occupe le siége du ministère public. Mᵉ Passerieu est chargé du rôle difficile de la défense.

Avant que l'audience ne soit ouverte, une scène douloureuse émotionne profondément l'assistance. Au moment où la Cour entre séance, on entend dans la salle des pleurs, des cris, des imprécations proférées contre l'assassin par la femme Caussinus, l'une des veuves des victimes de Bergès. M. le docteur Batut, appelé à lui prodiguer ses soins, parvient à calmer la douleur de cette infortunée, et l'audience est suspendue pendant dix minutes.

Aux pieds de la Cour sont déposés, comme pièces à conviction, le fusil qui a servi à Bergès pour les quatre assassinats, ainsi que le havre-sac qu'il portait ce jour-là.

Lorsque le calme est rétabli et l'audience reprise, M. le président interroge Bergès sur son identité.

L'accusé déclare se nommer François Bergès, âgé de trente-sept ans, exerçant les professions de puisatier, forgeron, maçon et cordonnier, demeurant à Toulouse, quartier de Bonhoure, route de Balma, nº 51.

Bergès s'exprime correctement, facilement et sans embarras. Il est petit, il porte les cheveux courts, la moustache noire; les yeux sont petits mais vifs et expressifs; il est vêtu d'une blouse bleue, un foulard à carreaux noirs et gris lui sert de cravate, il tient les mains croisées sur les genoux, regarde dans l'auditoire çà et là, et devient attentif à l'acte d'accusation qui est ainsi conçu :

II. — ACTE D'ACCUSATION

Le 24 octobre dernier (1874), vers neuf heures du matin, François Bergès sortit de la maison qu'il habite à Toulouse, faubourg de Bonhoure, et prit la direction du village de Balma; il portait sur l'épaule sa carnassière et son fusil de chasse à deux coups. Une voisine, la femme Jeanny Burgaud, le voyant partir, lui demanda s'il allait à la chasse : « Oui, lui répondit-il, à la chasse du lièvre. » Il continua son chemin.

Arrivé au sommet de la côte d'Ayga, à 500 mètres environ
de son habitation, il rencontra sur le bord de la route les
sieurs Berdoulat et Scribe, se contenta de les saluer, et descendit la côte; quatre ou cinq minutes après, deux coups de
feu se firent entendre, et bientôt après Bergès repassa devant
Scribe et Berdoulat. « Tu as bientôt trouvé le lièvre, » lui dit
ce dernier.

Bergès ne répondit pas, rechargea tranquillement les deux
canons de son fusil, et reprit d'un air décidé sa marche vers
le faubourg.

Berdoulat et Scribe, appelés par les cris de détresse d'une
maison voisine, regardèrent du côté où avait retenti la double
détonation et aperçurent, gisant sur le sol de la route, les
cadavres sanglants du brigadier cantonnier Lasbax et du cantonnier Naudy. Chacune des deux victimes avait reçu à la
tête une charge de l'arme à feu ; la mort avait été instantanée.

Cependant Bergès parut aux premières maisons du faubourg; là, il rencontra de nouveau la femme Burgaud; il la
pria de lui dire si Caussinus, le propriétaire de la maison
qu'elle habite, était chez lui. « Probablement, lui fut-il ré-
pondu, car il est malade. » — « Je saurai bien le trouver, re-
prit-il ; » puis il continua sa route. A peine arrivé devant la
maison de Caussinus, il aperçut celui-ci montant un escalier
extérieur d'une dépendance de son habitation ; il le coucha en
joue et l'atteignit à la tête, derrière l'oreille gauche. Caussinus tomba comme foudroyé sur les marches de son escalier,
la face contre terre.

L'œuvre homicide de Bergès n'était pas encore achevée. Il
s'empressa de recharger le canon qui venait de servir à tuer
Caussinus. Plus loin, à deux cents mètres, il aperçut, derrière
les vitres de la devanture de son magasin, en train de se raser,
le sieur Vergnes, épicier; il s'arrêta, l'ajusta deux fois et fit
feu. La charge brisa les carreaux de vitre, atteignit le malheureux Vergnes en plein visage et lui fit des blessures qui failli-
rent compromettre son existence.

Bergès continua son chemin. Parvenu à la bifurcation des

deux routes de Balma et de Castres, il songe à tourner sa fureur contre lui-même ; un des canons de son fusil était encore chargé. Il le plaça sous son menton, puis essaya de faire partir la détente. Des voisins arrivèrent à temps et le désarmèrent, sans l'arrêter. J'en ai tué quatre, disait-il, laissez-moi mourir. Je n'ai qu'un regret, ajouta-t-il, c'est de n'avoir pas tué Laurent. Le forgeron Cazac s'empara de son fusil et alla le déposer dans sa maison, qui borde la route de Castres. Bergès l'y suivit pour lui réclamer son arme ; n'ayant pu l'obtenir, il saisit un couteau de cuisine ; mais Cazac se précipita sur lui et le lui arracha des mains. Bergès alors s'enfuit vers la côte de Lhers, entra dans la maison de la femme Vayssié et s'y empara d'un couteau. Il descendit précipitamment la côte, arriva jusque près du pont de Lhers, puis revint sur ses pas, et s'arrêta au bas de la côte. Là, il se détourna de la route, s'engagea dans une ruelle étroite formée par le mur d'une maison et une haie de lauriers, et, trouvant le lieu favorable, il renouvela sa tentative de suicide : il appuya contre la muraille l'extrémité du manche du couteau et s'enfonça la lame dans l'abdomen.

Malgré sa blessure, d'où le sang coulait à flots, il remonta la côte, après avoir caché le couteau dans une touffe d'herbes devant la maison où il l'avait pris, et revenu près de l'endroit où il avait été désarmé, il se laissa arrêter sans résister.

Quelque temps après, il fut transporté à l'hospice.

Ainsi, dans un court espace de temps, en plein jour, en un lieu fréquenté, quatre victimes venaient de tomber sous les coups de François Bergès. La constatation des crimes n'avait rencontré aucune difficulté, mais il restait à chercher les mobiles qui avaient entraîné le bras de l'assassin. Les rapports antérieurs de Bergès avec Naudy, Lasbax, Caussinus et Vergnes ne fournissaient, en apparence du moins, aucune indication à la justice. C'était donc à l'accusé lui-même qu'il fallait demander compte de ses forfaits.

Interrogé à cet égard, Bergès a raconté que, depuis quelques jours, il éprouvait, surtout pendant la nuit, des souffrances tellement violentes, que des gouttes de sueur coulaient de son visage ; il attribuait ses douleurs à des esprits surnaturels qui lui étaient envoyés par le cantonnier Naudy ; il a tué ce dernier, dit-il, pour se venger de lui. Quant au brigadier cantonnier Lasbax, il l'a surpris causant mystérieusement avec son ennemi Naudy ; il l'a également frappé. Caussinus l'avait autrefois accusé d'un attentat à la pudeur sur la fille d'un voisin, et tout récemment de rébellion envers un garde particulier. Vergnes, enfin, aurait cherché à le compromettre à l'occasion d'un délit de chasse.

Ces divers griefs, tous d'ailleurs imaginaires, étaient trop insuffisants pour que la justice s'y arrêtât.

D'autre part, la sincérité des explications fournies par Bergès était suspecte.

Il était donc nécessaire d'étudier l'état mental de l'accusé, à l'aide soit des témoignages oraux, soit d'une expertise médico-légale.

Des nombreuses dépositions recueillies dans la procédure sont résultés les faits suivants : François Bergès, âgé de trente-six ans, est marié et père de deux enfants ; il exerçait de nombreux métiers, entre autres ceux de puisatier, de scieur de long, mais plus particulièrement celui de braconnier. Il passait pour un homme faisant bien ses affaires. Son caractère haineux, vindicatif et violent le faisait redouter de tous ceux qui le connaissaient. S'il n'avait jamais manifesté des sentiments d'animosité contre ses quatre victimes, il en était autrement à l'égard de bien d'autres, et notamment du sieur Laurent, qu'il regrettait, au moment de son arrestation, de n'avoir pas tué et qu'il avait, au dire d'un témoin, cherché à rencontrer dans la matinée du 24 octobre, vers sept heures et demie. Il résulte sans doute de certains témoignages que depuis peu de jours, et surtout la veille du 24 octobre, il se disait et paraissait malade. Sa femme a même ajouté que ses nuits étaient troublées par d'affreux cauchemars. Mais il n'est venu à la pensée de personne que ses facultés mentales fussent altérées en quoi que ce soit.

Quant aux experts commis pour examiner l'état mental de Bergès au moment de la perpétration du crime, ils ont émis des opinions différentes.

Dans un premier rapport, en date du 22 décembre dernier, MM. les docteurs Fonville, Noguès et Fontagnères estiment que Bergès est responsable des assassinats et tentatives d'assassinats qui lui sont imputés; mais, d'un autre côté, ils sont convaincus que l'état de maladie avec fièvre, qui a précédé les actes criminels commis par Bergès, a pu pousser les mauvaises passions de l'accusé au dernier degré de violence, et ils regardent comme un devoir pour eux de signaler, en faveur de Bergès, l'influence de cette complication, indépendante de sa volonté.

Dans un second rapport, en date du 29 avril, MM. les docteurs Fontagnères, Noguès, Marchand, Batut et Janot formulent des conclusions plus favorables à l'accusé.

Ils pensent que Bergès est atteint d'aliénation mentale, et qu'il n'est pas, au point de vue criminel, responsable du crime dont il est accusé. En présence d'opinions aussi opposées, la question de responsabilité de Bergès ne saurait être considérée comme résolue. C'est dès lors, ce semble, à la justice du pays qu'il appartient de prononcer en dernier ressort sur la grave accusation dirigée contre lui.

En conséquence, François Bergès, dit Berreton, est accusé, etc...

III. — INTERROGATOIRE DE L'ACCUSÉ

Après la lecture de l'acte d'accusation, M. le président procède à l'interrogatoire de Bergès, qui vient d'écouter, sans la moindre émotion apparente, le récit des faits qui lui sont imputés.

Bergès déclare qu'il est âgé de trente-sept ans, et qu'il a exercé les métiers de maçon, cordonnier, puisatier, scieur de long et teneur de jeux de hasard dans les fêtes locales et les foires. Il a aussi, dit-il, beaucoup aimé la chasse; il ne s'y

adonnait cependant que pendant un mois, à l'époque où elle
est le plus productive. Il tuait du gibier pour plus de 20 francs
par jour, et il le vendait sur nos marchés.

Sa fortune consiste en une petite maison, qui vaut environ
1500 francs : elle est au quartier de Guilleméry. Bergès l'habitait avec sa femme et ses trois jeunes enfants, qu'il aime
beaucoup et pour lesquels il a économisé une somme d_c
1400 francs, actuellement placée chez des amis, en trois let^c
tres de change notariées.

Bergès ajoute qu'il n'a été condamné que pour deux délits
de chasse et un délit de pêche, ce qui est exact.

Sur l'invitation de M. le président, Bergès raconte sa vie,
qu'il se rappelle, dit-il, depuis l'âge de quatre ans. En effet,
il fait preuve d'une mémoire étonnante.

Dès sa plus tendre enfance, raconte-t-il, ne pouvant faire
autre chose et sa famille étant pauvre, il allait ramasser du
bois, qu'il rapportait à sa pauvre mère pour faire cuire les
aliments; ils n'étaient jamais recherchés, mais l'appétit y
suppléait admirablement.

Plus tard, quand il eut sa neuvième année, Bergès s'em-
ploya comme manœuvre auprès des maçons qui construi-
saient la poudrière et le pont Saint-Pierre ; il travailla ensuite à la construction de l'établissement que possèdent les
Jésuites derrière la basilique Saint-Sernin. Il se fit après cela
souffleur de forges chez divers charrons, puis il apprit l'état
de cordonnier, puis encore celui de scieur de long; enfin, il
adopta celui de puisatier.

Quand il fut parvenu à l'âge de vingt et un ans, il se fit délivrer un permis de chasse et devint braconnier; il exerçait
en même temps le métier très-lucratif de teneur de jeux de
tir et de hasard. Jamais, ajoute-t-il, il n'a volé un centime à
personne.

M. le président. — On ne vous reproche aucun acte d'indé-
licatesse; mais on vous connaissait un caractère très-vindica-
tif, et comme vous êtes si fort que les deux hercules de Guilleméry vous redoutent eux-mêmes, vous étiez devenu la terreur

8

de tout le quartier. Mais racontez-nous les faits pour lesquels
vous êtes incriminé.

Bergès. — J'étais allé chez M. Fort creuser un puits ; je me
sentis pris tout à coup d'un violent mal à la tête, et une sueur
glaciale courut sur tous mes membres. Lorsque je revins au
domicile de M. Fort pour demander des soins, je vis deux
femmes dont l'une était grande et brillante comme une prin-
cesse : elle me regarda beaucoup et jamais je ne l'oublierai.

Je me hâtai de rentrer chez moi. Voilà que mon fils, qui
n'a que quatre ans, accourt vers moi et me saisit la jambe,
qu'il me serrait comme un véritable étau. J'entendis ensuite,
toute la nuit, un bruit effrayant, puis mon fils tomba malade
et ma femme se disait innocente ! Cette femme m'avait déci-
dément jeté un sort, et ma famille avait reçu par moi le
venin.

Sur ces entrefaites, on vint me dire que M. le juge d'instruction me mandait au parquet, à propos d'un fait de rébellion commis par un chasseur contre le garde du château
de feu M. le maréchal Niel. Je me bornai à dire que je ne
connaissais pas le coupable. Mais Naudy, le cantonnier, m'a-
vait toujours soupçonné, et il me cassait toujours la tête de
cette affaire. Quant à Lasbax, je l'ai toujours cru le père d'une
de ces deux femmes dont l'une m'avait jeté un sort.

On m'accusa aussi d'avoir violé une fille, ce qui est faux.
Mais Caussinus disait que c'était vrai.

On m'imputait aussi d'avoir coupé des arbres dans une pé-
pinière. Vergnes le disait. Toutes ces accusations me brouil-
laient les idées, et j'avais des douleurs de tête qui devenaient
de jour en jour plus aiguës. Ce qui acheva de m'ensorceler,
c'est une lettre que me remit M. Aillaux pour la porter à son
frère.

Dès que je la touchai, je ne pus plus m'en défaire, elle était
comme collée à moi, et j'éprouvais une chaleur excessive.
J'imaginai, pour me guérir, de toucher la main à toutes les
personnes de ma connaissance que je rencontrais. De cette
façon j'allais leur passer une partie de mon venin et me débar-

rasser d'autant. Or, quand je serrais la main à mes amis, je les
voyais changer de couleur et devenir rouges comme le feu.

La veille du malheur qu'on me reproche, je me mis au lit sans
souper, car je souffrais plus que d'habitude. J'entendis toute
la nuit du bruit autour de ma maison et les vitres semblaient
grincer. Je pris alors mon fusil. Mais je ne pus me lever, mes
jambes étaient engourdies, je me crus perdu. Cependant j'é-
coutai et j'entendis très-distinctement la voix de Naudy et les
coups de pioche qu'il donnait autour de ma maison.

Le lendemain matin, je sortis armé de mon fusil, afin de
tuer des oiseaux pour mon fils, qui était malade. Je rencon-
trai Naudy et Lasbax; alors quelque chose me prit, plus fort
que moi; je les mis en joue et je les tuai. Puis je me souvins
de Caussinus, qui me soupçonnait de viol; j'allai le tuer.
Je vis enfin, derrière sa croisée, Vergnes qui se rasait; je ne
fis ni une ni deux : je l'ajustai et lui envoyai une décharge en
pleine figure. Alors je me dis, il faut te tuer aussi. Je plaçai
le canon de mon fusil sous mon menton et avec le pied je
voulus faire partir la détente. Malheureusement, le pied glissa;
je pris une branche de l'arbre auquel j'étais adossé, mais la
branche se cassa. Alors on me sauta dessus; on me prit mon
fusil, et je ne pus m'emparer que d'un couteau de cuisine. Je
partis du côté de Lhers, et, arrivé à un endroit solitaire, derrière une haie, je m'enfonçai le coutelas dans la poitrine. Je
perdis connaissance; puis, le sang coulant encore, je m'en
retournai vers ma maison, pour aller dicter mes dernières paroles, car j'allais mourir. Mais bientôt on m'arrêta : on me
pansa et on me transporta à l'hospice.

M. le président à l'accusé. Si vous étiez acquitté ce soir,
croyez-vous que les femmes de vos victimes vous jetteraient
un sort? Que feriez-vous?

R. Je les tuerais comme les autres.

D. Vous avez voulu vous suicider, et vous dites que vous
aviez perdu l'esprit. Non, c'est le remords qui est arrivé.

R. C'est vrai, monsieur le président. (Murmures.)

D. Vous vous êtes blessé grièvement avec un couteau : eh

bien, votre présence d'esprit était telle que, vous sentant mourir, vous avez appelé un de vos amis qui, sous votre dictée, a écrit cette phrase : « On va condamner un innocent. »

R. Je ne sais pas comment tout ça marchait.

D. Votre père a-t-il été malade ?

R. Oui, de la tête.

D. Et votre mère, a-t-elle été malade ?

R. Oui, on lui a jeté un sort.

D. Non, les renseignements établissent qu'ils n'ont jamais été malades.

R. Ils sont morts, ils ont donc été malades.

D. Ce sont des plaisanteries de mauvais goût. Bergès, vous avez fait trois veuves, et certes votre situation est assez grave.

R. On me mettait des plumes de perdreau devant ma porte, pourquoi ?

M. *le président*. Vous avez dit aux personnes qui sont accourues auprès de vous après vos crimes : « Ne craignez rien, j'ai fini ! »

Bergès. Oui, monsieur le président.

Après cet interrogatoire, qui a duré plus de deux heures, l'audience est suspendue pendant quelques instants.

IV. — DÉPOSITION DES TÉMOINS

A la reprise, il est procédé à l'audition des témoins. Quelques-uns racontent les scènes du terrible drame du 24 octobre, d'autres donnent des renseignements sur le caractère violent de Bergès ; tous sont d'accord pour dire qu'ils ne le croient pas fou, et que jamais il n'a donné aucun signe de démence.

On entend ensuite l'épicier Vergnes, sur lequel Bergès a tiré un coup de fusil à travers les glaces de sa boutique.

Raymond Vergnes, épicier à Toulouse. (Mouvement d'attention.) En octobre dernier, je vis Bergès m'ajuster avec le

fusil, je crus qu'il plaisantait. Je fus atteint au front et à l'œil,
que j'ai à présent en verre. Je tombai et je dis : c'est bien
mauvais de mourir ainsi.

J'ai été soigné et on m'a sauvé. Souvent Bergès me disait :
«Tu es bien heureux, ton père nous a bien trompés en vendant
la maison ; il ne l'aurait pas fait à moi. Si j'en voulais à
quelqu'un, je ne le dirais pas. » Il avait menacé Pierre
Laurent de le briser, et je lui dis de se méfier. J'étais occupé
à me raser quand Bergès vint, le 24 octobre, pour tirer sur
moi ; il me visa en suivant mes mouvements quelques secondes seulement. Je faisais les comptes de Bergès.

M. le président. C'était un très-bon tireur ?

R. Hélas! oui, monsieur le président. Jamais je n'ai vu que
Bergès ne fût pas sûr de sa tête; il est intelligent, vaillant,
actif ; son caractère est sombre, ne riant jamais; il est jaloux
et vindicatif. Dans nos conversations il n'a jamais parlé des
esprits ni du spiritisme ; s'il s'en était occupé, il m'en aurait
parlé. Pour moi, il n'est pas fou.

Bergès, interrogé, dit : le témoin ne dit pas la vérité. Ici, il
raconte avec une grande lucidité d'esprit un épisode de
chasse avec Laurent; il termine en disant : « Quand il me
faisait une chose, je lui en faisais une autre. »

Faure (Pierre), trente-sept ans, cafetier. Le matin du
24 octobre, j'ai rencontré Naudy, avec lequel je causais.
Bergès passa et nous nous saluâmes. Naudy me dit : « Voilà
un homme qui me veut du mal, parce qu'il avait dénoncé
les chasseurs d'Auffrery. » Je revis Bergès, qui me dit : «J'en
ai tué quatre et je vais mourir. » Il dit à Rouan qu'il avait
tué le chef du spiritisme et le cantonnier, pour les affaires de
la chasse. Je ne crois pas que Bergès soit fou.

Je conduisis Bergès à l'hospice, il me dit : « Je regrette ce
que j'ai fait. »

Bergès interrogé, dit : «Non, et si on me tracassait encore,
j'en ferais autant. »

Rouan (Joseph-Auguste). Bergès revint de la côte de
Lhers, il me dit : « J'en ai tué trois, et moi ça fait quatre. »

Je vis sa blessure, il me dit : «Écrivez de suite.» Il dicta ceci : «On allait condamner un innocent.» A l'hospice, il raconta la scène. Bergès est vaillant et pas fou, personne ne peut le dire. Il est vif, emporté, mais pas fou. Il dit avoir tué Caussinus, qui voulait le dénoncer pour un viol; pour Caussinus, vous le saurez plus tard. Il dit, pour Naudy, que depuis trois nuits il ne dormait pas; que Naudy étant chef de spiritisme, il avait jeté sur lui un sort.

Interrogé, l'accusé dit : « Je crois que le spiritisme est ce que j'ai éprouvé. Je ne sais ce que c'est que le spiritisme; et je ne m'en suis pas occupé; le cantonnier m'a parlé des esprits. »

Noguès (Jean), docteur-médecin à Toulouse. — Le 24 octobre, à dix heures du matin, j'ai été examiner les cadavres des cantonniers tombés comme foudroyés; ils étaient blessés de la même manière, à droite et à gauche; je constatai ensuite la mort de Caussinus. Enfin, je remarquai les graves blessures de Vergnes. Les coups portés ont été tirés de 12 à 15 mètres de distance; ils ont fait balle.

Toujours avec mes collègues, nous avons visité Bergès, blessé grièvement; nous remarquâmes son intelligence perturbée. Chargés d'examiner son état mental pendant trente-six jours, j'ai visité l'accusé. M. Foville, qui nous a été adjoint, l'a déclaré responsable et a dit qu'il simulait la folie; mais, sur mes observations, cette réponse a été modifiée.

Bergès a éprouvé tous les effets d'une maladie qui le rend irresponsable. Ce n'était pas une fièvre, c'était une obsession, un cauchemar, qui constituent le début de la maladie; il a été agité pendant la nuit qui a précédé les crimes. Ses victimes lui jetaient le venin. A-t-il simulé cette folie appelée le délire de la surexcitation? Non, car Bergès n'a jamais varié dans ses dires; il est malade de l'esprit, et cette maladie porte le criminel à commettre l'acte criminel.

J'ai fait partie de la deuxième commission, et il y a eu unanimité pour conclure comme je l'avais fait, que Bergès est complétement irresponsable.

L'audience est levée à six heures et demie et renvoyée au lendemain, à dix heures, pour la continuation des débats.

V. — CONDAMNATION A MORT

Le public est encore plus nombreux à l'audience de samedi qu'à celle de la veille. Le docteur Fontagnères est entendu ; il conclut comme le docteur Noguès, à l'irresponsabilité de l'accusé. Telle est aussi l'opinion des docteurs Batut et Marchant, directeur de l'Asile des aliénés, à Toulouse.

Le docteur Foville est d'un avis contraire.

« Non, il n'est pas fou, s'écrie, en sanglotant, la veuve Naudy ; il a voulu se venger de mon mari et il m'a mise au désespoir. Oh ! si je le tenais, monstre, ajoute-t-elle en se tournant vers l'accusé, je ne suis qu'une femme, mais je t'arracherais le cœur. »

M. l'avocat général Lacointa soutient l'accusation ; Bergès n'est pas fou et doit subir le châtiment de ses crimes.

Me Passerieu présente la défense de l'accusé et demande au Jury d'envoyer ce fou dans un asile d'aliénés.

Il est minuit et demi. M. le conseiller Amilhau prend la parole et résume les débats avec cette haute impartialité dont il a donné tant de preuves dans le cours de cette affaire.

La séance est reprise à une heure et demie.

Le verdict est affirmatif sur toutes les questions. Il est muet sur les circonstances atténuantes.

En conséquence, la Cour condamne Bergès à la peine de mort, et ordonne que l'exécution aura lieu à Toulouse.

Le verdict du Jury ne devait pas recevoir son exécution. En effet, le Président de la République, M. le maréchal Mac-Mahon, après avoir pris l'avis du ministre de la justice, a commué la peine de mort prononcée contre Bergès en celle des travaux forcés à perpétuité. Cette décision est due sans doute à la crainte que l'on a eue de faire monter sur l'échafaud un homme qui ne jouissait pas de la plénitude de sa raison.

LA FAMILLE CHIEN, D'AVA EN BIRMANIE.

LA FAMILLE CHIEN

Lorsque Andrian Jeftichjeler, dit l'homme-chien, et son fils Fédor abandonnèrent le Caucase et vinrent se montrer dans les principales villes de l'Europe, on crut généralement que c'étaient des phénomènes sans précédent en histoire naturelle. Il n'en est rien cependant, et l'on trouve assez souvent dans le Caucase et dans la Birmanie des individus ayant, comme eux, la figure toute couverte de poils.

Il existe à Ava une famille composée de huit personnes, toutes aussi velues que les deux hommes-chiens que nous avons tous vus à Paris. Ils ont le corps tout entier couvert de poils très-longs qu'ils sont obligés de couper assez souvent comme les cheveux ordinaires. Chose extraordinaire, ils n'ont ni canines ni incisives; ils n'ont que les dents molaires. Les filles ont une chevelure brune très-épaisse, de grosses lèvres, le nez aplati, les oreilles très-courtes et entièrement dissimulées sous les cheveux et les poils de la figure.

REMÈDE CONTRE LE CHARBON

Le *charbon*, ou pustule maligne, provient d'ordinaire de la piqûre d'un insecte qui a pris, sur des cadavres en putréfaction, le virus qui rend cette légère piqûre mortelle, si de prompts et énergiques secours ne viennent sauver le malade.

Voici, en l'absence du médecin, le remède à employer.

Poser sur la pustule une feuille fraîche de noyer.

Renouveler l'application deux ou trois fois, d'une nouvelle feuille fraîche. Vingt-quatre heures après, tout danger a disparu. Il ne reste qu'une plaie qui se cicatrise peu à peu.

Le remède est infaillible.

DE TROIS PÉCHÉS LE MOINDRE

LÉGENDE IRLANDAISE

C'était un saint moine que Patrick; la renommée de ses
vertus s'étendait à plus de dix lieues à la ronde. Par malheur
il était fort tourmenté et souvent tenté par le diable, qui jour
et nuit le poussait à commettre un péché. Le saint avait jusque-là chassé les mauvaises pensées à force de prières et de
coups de discipline.

À la fin l'esprit du mal l'emporta. « Voyons, dit-il au moine,
faisons un marché qui soit tout à votre avantage. Consentez
à commettre un seul péché mortel, et je vous laisse tranquille
pour le reste de vos jours. Je suis bon diable, et je vous laisse
le choix entre vous enivrer, tuer quelqu'un ou prendre des
libertés avec la femme d'autrui.

Hélas! dit le saint, pour me délivrer de tes obsessions, des
trois péchés je commettrai le moindre. Puisqu'il le faut, je
m'enivrerai. Du moins, cette faute ne nuira pas à mon prochain. Après l'avoir commise, je ferai bien vite pénitence, et
tu ne viendras plus me troubler dans mes prières. »

Ainsi fut conclu le marché.

Le soir venu, Patrick prit une bouteille de vin et s'en versa
quelques rasades qu'il but d'abord avec répugnance. Mais.

peu à peu le vin agit sur son cerveau et trouble ses sens. Il est assiégé d'une foule de pensées et de désirs qu'il avait repoussés jusque-là.

« J'étais bien niais, se dit-il, de me priver des biens du Seigneur qui nous a donné ce vin pour nous réjouir. Comme il me réchauffe et quel dommage d'être seul à prendre ce plaisir ! »

A ce moment, entre une femme qui venait lui demander le secours de ses prières. Patrick, excité par l'ivresse, se lève, et lui jetant les bras autour du cou, il l'embrasse à plusieurs reprises.

La femme indignée pousse des cris qui attirent son mari. Celui-ci se précipite sur le moine et le renverse.

Par malheur, un bâton se trouva sous la main de Patrick qui, en assénant un coup sur la tête du mari, l'étendit roide mort.

Voilà comment ce pauvre moine, en ne voulant commettre qu'un seul péché mortel, en commit trois.

REMÈDES CONTRE LES EMPOISONNEMENTS

Dans les cas d'*empoisonnement par le phosphore* des allumettes chimiques, on emploie l'*essence de térébenthine*.

L'action de l'essence de térébenthine est de dissoudre le phosphore et d'empêcher ainsi la combustion plus ou moins vive de ce corps qui détériore et détruit les organes en leur enlevant l'oxygène qu'ils contiennent.

Dans les cas d'*empoisonnement par le plomb*, et autres affections saturnines, il faut tout simplement *boire du lait*.

Le lait, même comme moyen préventif, doit être conseillé à tous ceux qui travaillent le plomb et les sels de plomb.

Dans les cas d'*empoisonnement par les champignons*, faire boire au malade de 60 à 80 grammes de bonne eau-de-vie.

LE BOEUF DU MARDI-GRAS

NOUVEAU SYSTÈME D'ABATAGE

Notre gravure représente le procédé mis récemment en usage pour tuer les bœufs dans les abattoirs de Paris.

Autrefois on amenait le condamné à mort à l'échaudoir, qui n'est point, comme on serait tenté de le croire, le lieu où l'on échaude, mais celui où l'on tue. Le bœuf était attaché par les jambes et les cornes à un anneau scellé dans une dalle, le garçon d'échaudoir, armé d'un lourd maillet, lui en asśenait deux ou trois coups entre les cornes, et l'animal tombait sans pousser un cri.

Le bœuf était ensuite saigné et soufflé. Malgré toute la dextérité avec laquelle s'accomplissaient ces exécutions, la mort de l'animal n'était pas instantanée, et dans un intérêt d'humanité, diverses améliorations ont été proposées. Elles tendaient à abréger la durée de l'opération et surtout à épargner à l'animal des souffrances inutiles. La plus ingénieuse de toutes est sans contredit celle dont nous nous occupons, et que viennent d'adopter nos abattoirs. C'est un perfectionnement réel apporté dans l'art de tuer.

La tête du bœuf est cachée sous un masque de cuir qui lui couvre complétement les yeux. Au milieu de ce masque se trouve un disque métallique qui correspond au front de l'animal. Ce disque est épais, et donne passage à un poinçon d'acier qui y peut circuler librement. L'extrémité inférieure de ce poinçon est évidée, l'extrémité supérieure terminée par une tête à large surface. Un coup de massue et l'animal tombe foudroyé. Le poinçon a pénétré dans le cerveau en chassant devant lui quelques globules d'air enfermés dans la partie évidée, et cet air, en exerçant une contraction sur l'encéphale, vient encore augmenter la rapidité de l'opération, qui ne demande guère plus de 30 secondes.

Puisque nous parlons du bœuf condamné à mort, nous ne saurions oublier une cérémonie qui se rattache si essentiellement à ce sujet : nous voulons parler de la *promenade du bœuf gras*.

Il est très-curieux de rechercher les origines de cette promenade. L'usage en vient des Égyptiens ; et le culte du bœuf Apis chez eux, remonte à la plus haute antiquité. Strabon, Pline, Hérodote, nous fournissent de longues descriptions sur ce culte étrange. Les Égyptiens avaient divinisé le bœuf en reconnaissance des services qu'il rendait à l'agriculture. L'un des principaux points du culte était de ne point laisser parvenir le bœuf Apis à la vieillesse. Quand le jour du sacrifice était désigné, les prêtres du dieu le paraient de fleurs, on lui faisait faire processionnellement le tour du temple, puis on le tuait et on lui faisait de magnifiques obsèques.

La fête du bœuf Apis passa dans la Grèce où cette promenade fut en grand honneur, et les Romains après la conquête empruntèrent aux vaincus cette cérémonie. Ils la célébraient à l'équinoxe du printemps. Le bœuf représentait le taureau équinoxal, et un jeune homme, symbole de la force du soleil quand il entre dans le signe du Taureau, lui plongeait un poignard dans le cou au moment du sacrifice.

La promenade du bœuf existait également chez les Gaulois nos pères, et elle s'était conservée par la tradition.

La procession de 1739 est la plus mémorable de toutes celles dont fassent mention les historiens. Le bœuf partit de Apport-Paris la veille du mardi gras. Il était couvert d'une housse brodée et portait une aigrette de fleurs et de feuillage à l'instar du bœuf gaulois; sur son dos on avait assis un enfant nu, avec un ruban en écharpe. Cet enfant, qui tenait dans une main un sceptre doré et dans l'autre une épée nue, était appelé le roi des bouchers. Jusqu'alors les bouchers n'avaient eu que des maîtres, ils voulaient sans doute rivaliser avec les merciers, les barbiers, les arbalétriers, qui avaient des rois. Des garçons bouchers vêtus en sacrificateurs escortaient le bœuf, tandis que les violons, les fifres et les tambours jouaient leurs airs les plus joyeux. Le cortège parcourut successivement tous les quartiers de la ville, se rendant chez les prévôts, échevins, présidents, à qui cet honneur appartenait. Le premier président du parlement n'était pas à son domicile; on ne le priva pas cependant de la visite du bœuf, qui fut amené dans la grande salle du Palais par l'escalier de la Ste-Chapelle, et fut présenté au président en plein tribunal.

Les processions du bœuf gras, l'une des distractions favorites du bon peuple de Paris, furent supprimées en 1790 et rétablies par un décret impérial du 23 février 1805. Dans la longue liste des triomphateurs, nous trouvons le bœuf gras de 1842, un bœuf-phénomène qui pesait 1900 kilogrammes. Les promenades furent de nouveau interrompues en 1848 à la suite des événements politiques, puis en 1849; par décision ministérielle, elles reparurent en 1850.

Depuis 1870, le Parisien n'a eu guère le loisir de songer à ce divertissement autrefois si goûté. L'an dernier cependant, les bouchers ont essayé de reprendre la promenade du bœuf gras, mais le conseil municipal de Paris a refusé de voter la subvention nécessaire, et la promenade n'a pas eu lieu. Même insuccès en 1875.

Les motifs de ce refus nous échappent. Il nous serait facile de démontrer, avec preuves à l'appui, qu'il est préjudiciable aux finances de la Ville et au commerce parisien. Il nous suf-

fira de dire que cette exhibition du bœuf gras n'a pas pour
but principal une ridicule mascarade comme on l'a pré-

Masque servant à l'abatage des bœufs.

tendu, mais qu'elle donne une immense publicité aux résultats d'un concours sérieux, met en lumière nos grands éle-
veurs, les récompense ainsi de leurs soins, et entretient chez
eux une émulation favorable à l'agriculture. A ce titre, nous
nous demandons pourquoi on laisserait tomber en désuétude
une vieille coutume si populaire.

4044 — PARIS. — IMPRIMERIE DE E. MARTINET, RUE MIGNON, 2

N° 25

rue Monsieur-le-Prince

A PARIS

— ✦ —

REVUE ILLUSTRÉE

— ✦ —

La **REVUE ILLUSTRÉE** dans
les deux Mondes est le recueil le plus
intéressant et le plus complet de tout ce
qui se passe de remarquable dans les Arts,
la Littérature et l'Industrie. Elle donne
chaque semaine une série d'articles variés
dont la lecture est le plus utile passe-temps
pour les familles. Les gravures qui accom-
pagnent le texte sont dues au burin de nos
plus habiles art' es.

CONDITI   DE L'ABONNEMENT:

T⟩   ois. . .   **8** fr.

⟨   s **15**

⟨ **25**

*Deux volumes parus sont en vente
à* **12** *fr.* **50** *chacun*

FRANCO

4944. — PARIS. — IMPRIMERIE DE E. MARTINET, RUE MIGNON; 2